NARRATORI DELLA FENICE

I disegni nel testo sono di Dario Fo.

ISBN 978-88-6088-093-2

www.guanda.it

DARIO FO
L'AMORE E LO SGHIGNAZZO

A cura di Franca Rame

UGO GUANDA EDITORE
IN PARMA

L'AMORE E LO SGHIGNAZZO

ELOISA

Per Franca, con amore...

Mi trovo ad Argenteuil nella mia stanza, che s'affaccia nel quadriportico del monastero e scrivo. Sto mettendo giù all'ingrosso la sinopia per la mia storia. Sinopia è il termine che usano i pittori quando, direttamente sul muro a secco, prima di stendere l'intonaco, disegnano il progetto dell'affresco. Esclusivamente il disegno, incidendolo anche con un ferro qua e là. Io sto facendo lo stesso: solo alla fine stenderò l'amalgama di calce per riscrivere la storia definitiva.

Ma è meglio che mi presenti: sono la badessa di questo monastero, forse la più giovane badessa di tutta la Francia. Mi fa sempre una certa impressione sentirmi chiamare madre da ragazze che sono molto più adulte di me. Il mio nome è Eloisa e non ho ancora vent'anni.

Forse molte di voi conosceranno già la mia storia, se n'è parlato tanto in questi tempi... spesso raccontando frottole e maldicenze gratuite. Sì, Abelardo era il mio uomo, anzi il mio amante – per carità! –, prima che entrassi in monastero. Sicuro: vivevamo insieme, dormivamo nello stesso letto... eravamo molto giovani. No, io ero molto giovane, lui aveva più del doppio della mia età.

Ci siamo dovuti lasciare dopo la tragedia... io l'avrei tenuto sempre vicino anche con quella disgrazia. Dio, che cosa terribile è stata... come ci penso mi si blocca lo stomaco ancora oggi. L'hanno evirato. Sì, castrato... come volete. Sconciato in modo orrendo! Quattro scannaporci infami sono entrati una notte nella sua stanza. Lui dormiva, l'hanno appeso per i piedi al gancio del soffitto e gli hanno fatto peggio che a un vitello.

È così che l'abbiamo trovato il mattino dopo... Una cosa terribile! Quasi dissanguato.

Chi è stato? Chi li ha mandati quei bastardi assassini? Se ne discute ancora oggi, si sospetta perfino del vescovo di Parigi, del rettore massimo della scuola di Nôtre Dame, di Bernardo da Chiaravalle, addirittura di mio zio. Forse, se sarà il caso, vi dirò qual è la mia idea. Già vi vedo sfogliare le pagine per andare avanti a ritrovare quella in cui faccio il nome del colpevole... E allora credo sia meglio evitare di procedere come i gamberi. Mi conviene raccontare dall'inizio.

Ero venuta ad abitare a Parigi proprio nell'anno in cui si stavano innalzando i due torrioni sulla facciata di Nôtre Dame: millecentodieci, una data che ho scritto nel cervello. Non mi ero mai trovata dinnanzi a impalcature tanto alte, quando il cielo era coperto le ultime parapettate sparivano nelle nubi.

Mio zio era l'abate canonico di quella cattedrale e con lui vivevo nel vecchio chiostro dei benedettini, dietro l'abside che avevano appena costruito.

Ero una ragazzina a modo e quel mattino me ne stavo nel giardino ad aiutare a stendere i panni. Mi sento chiamare dal loggiato. Era mio zio, Fulberto. Mi prega di rassettarmi un poco, perché avrei incontrato una persona molto importante. Tolgo il grembiule, raccolgo i capelli, arrivo sul loggiato correndo. Mi blocco carica di sconcerto di fronte a quel signore che pareva sistemato dentro una nicchia: l'atteggiamento solenne, le pieghe del panneggio che sembravano scolpite... così alto, quell'aria immobile... senza parvenza di respiro.

Sì, assomigliava proprio a una di quelle statue di pietra dipinte che s'affollano ieratiche in cattedrale lungo il

transetto. Un san Matteo... un san Isidoro... pareva. E invece era Abelardo, primo lettore all'università.

Cosa si prova davanti a una statua?

Niente. La si osserva e basta.

Non avevo accennato nemmeno a piegar un poco le ginocchia per l'inchino, come si converrebbe a una fanciulla di sedici anni ben educata.

Mio zio fece le presentazioni: «Non hai idea della fortuna che ti capita, figlia mia... Il maestro sarà nostro ospite. Ho dovuto faticare, ma alla fine l'ho convinto. Abiterà la stanza che dà nel chiostro. Ha acconsentito a regalarti quattro ore al giorno del suo tempo prezioso».

In poche parole, lo zio mi appioppava quella specie d'evangelista ingessato come insegnante. Ventotto ore la settimana con un mammozzo teologo ridipinto di fresco. Come minimo parlerà salmodiando il gregoriano, mi dicevo, e prima di rivolgergli la parola dovrò girargli intorno col turibolo per due volte annaffiandolo d'incenso.

Quando ero arrivata nello stanzone per la prima lezione lui se ne stava già lì, seduto, dall'altra parte del tavolo. Avevo accennato un inchino. Lui mi aveva sorriso. Ero rimasta come attonita. Il «mammozzo» sorrideva! Aveva tutti i denti ben piantati in fila, chiari... e abbastanza in ordine. Gli occhi grandi, vivi, con lunghe ciglia nere, fitte. Non parevano neanche dipinti. E la bocca... le labbra... si muovevano... e sì, si muovevano proprio... e gli usciva la voce in forma di parole!

«Spero di riuscire a non scocciarvi troppo in queste quattro ore.»

Proprio così aveva detto: « scocciarvi ». Non era il linguaggio che ci si aspetta dal più illustre cattedratico di Parigi.

Io quella sua voce me la sarei immaginata tutta di naso, biascicata, sommessa a cantilena... e invece no. Era bella, rotonda e forte. To', che piacevole sorpresa!

Poi mi aveva fatto sedere. Non aveva libri sul tavolo. E io non ne avevo portati con me.

« Su che testi studieremo? »

« Non servono i testi: alleneremo la memoria. All'inizio vi prenderete qualche appunto... »

Mi guardò come se si fosse accorto di me in quel preciso momento: « Eloisa... »

« Sì. »

« È questo il vostro nome, vero? »

« Sì. »

« Come mai vostro padre e vostra madre hanno scelto di chiamarvi così? »

« Non lo so, i miei sono morti nella grande peste del millecento. Io sola sono rimasta in vita... ed ero la più piccola... ancora in fasce. Non ho fatto in tempo a chiederglielo. Lo zio abate che mi ha allevata, quando glielo ho domandato, mi ha risposto solo con un grugnito... Lo infastidisce che gli ricordi i miei genitori... non li amava per niente. »

« Voi sapete » mi chiese « che Eloisa è il nome di una famosa regina delle Asturie, di cui si racconta che si innamorò del fratello senza sapere delle sue origini? »

« Di suo fratello? Com'è successo? »

« Lei credeva che quel ragazzo fosse un moro. »

«Un moro? Com'è possibile?»

«Era stato catturato e fatto schiavo, ancora bambino, durante il sacco di León da parte di Abbu-Terif, il Regidor di Córdoba. E fu proprio lui, Abbu-Terif, a tenerselo con sé nella propria casa e a dargli un'educazione da moro. Per di più, questo bambino aveva capelli neri e ricciuti fitti, e una carnagione dorata come quella di sua nonna, che era di Málaga. Così, quando Eloisa l'incontrò, sentendolo parlare in arabo e scorgendogli un orecchino appeso al lobo, non sospettò potesse trattarsi di un figlio di cristiani.»

«E se ne innamorò? Come andò a finire?»

Abelardo, primo lettore, gran maestro di teologia, sorridendo s'era levato in piedi e mi aveva fatto cenno di seguirlo e, camminando nel chiostro, aveva cominciato a raccontare la splendida storia della dolce regina che portava il mio nome.

Che splendido fabulatore! Meglio di tutti i cantastorie che mi era capitato di ascoltare nelle piazze e nelle feste di matrimonio; le pause giuste... cambiava andamento con grande rapidità... abbassava il timbro fino a sussurrare e poi d'un tratto, accompagnandosi con gesti appropriati del corpo, ecco che era a cavallo... era su una barca... montava sull'albero di una nave con tante vele e faceva salire anche me su quella nave... e insieme si andava per mari, spinti da un vento teso.

E mi trovavo in groppa a un cammello con un gran velo che sbandierava per l'aria sottile... e un ombrello giallo con frange d'argento. E mi invitava a sedere su un trono rosso e d'oro... e dormivo fra le braccia di un uomo... un cavaliere che restava coperto della sua corazza di ferro fino agli occhi... perché non si pensasse nemmeno per un attimo che fosse in pericolo la mia castità.

Erano trascorse le prime due ore della lezione e io non me n'ero accorta. Alla fine della storia mi scappò di applaudirlo, ma quell'Abelardo non mi faceva prendere fiato. Estrasse da una scansia un Antico Testamento, quasi sepolto sotto una diecina di testi sacri, lo sbatté sul tavolo e lo spazzolò con uno straccio per liberarlo dalla polvere.

Nelle due ore appresso si parlò dell'origine dell'uomo e della Bibbia. Dico «si parlò» perché il particolare straordinario del suo insegnamento era la sua incredibile abilità nel coinvolgerti... Ti tirava dentro con il paradosso. E tu abboccavi, ti trovavi a discutere, ti arrabbiavi... e lui ti dimostrava che c'era sempre un contrario a ogni regola, un'altra verità e un'altra ancora; e che ogni ragione poteva dimostrarsi insensata e ogni follia una ragione.

Stese la vecchia Bibbia sul leggio. Era scritta in greco con qualche termine in aramaico. Insieme, abbiamo cominciato a leggere alcuni brani. Erano passaggi che non conoscevo, assurdi, sorprendenti.

Strano che lo zio non me li avesse mai letti né mi fosse mai capitato di ascoltare un solo predicatore parlarne dal pulpito, magari per tirarci la morale.

Un capitolo soprattutto mi aveva sconvolta: quello nel quale si racconta della creazione degli aggemellati maschio-femmina.

Ah, neanche voi ne sapete niente, vero? Mi fa piacere. Be', più o meno la storia è questa: al principio del mondo l'uomo e la donna erano stati creati insieme, come dentro un unico baccello. Sempre, giorno e notte, se ne stavano appiccicati faccia a faccia, abbracciati. E non si potevano scollare l'uno dall'altra che subito esplodevano in urla, singhiozzi e lamenti strazianti. Come fuori di sé correvano qua e là cercandosi disperati e appena si ritrovavano, l'uno nelle braccia dell'altra, si buttavano squittendo di gioia, e non terminavano mai di sbaciucchiarsi e farsi carezze... rotolandosi per i prati. Per spostarsi gli aggemellati si muovevano a balzoni, con zompi incredibili. E c'era davvero di che scompisciarsi dalle risate a quello spettacolo da corsa nei sacchi. Trottole rampanti parevano, con quattro piedi e quattro braccia che caracollavano all'impazzata buffi e sgangherati.

Strani animali che d'altro non si curavano che di abbracciamenti e tenere coccolate. Respiravano persino insieme... bocca a bocca... allo stesso tempo... e i cuori gli pulsavano eguali.

È ovvio che così intorcinati si ritrovassero impacciati nei movimenti e avessero gran difficoltà a realizzare qualsiasi lavoro. Faticavano persino a procurarsi da mangiare. Erano indolenti e del tutto privi d'ogni desiderio di fare. Non s'erano manco curati di fabbricarsi un abito né una capanna dove ripararsi. E incollati l'uno all'altra come si trovavano, gli era per altro scomodo pregare per ringraziare il Signore.

Il Signore, che alle laude in suo onore ci teneva proprio da Dio, se ne ebbe a male. E seccato esclamò: «Ho sbagliato tutto. Mi sono riuscite male 'ste due creature. Pensano solo al loro amore e all'amore per il loro creatore non riservano nemmeno un sospiro». Poi deciso aggiunse: «Risolvo presto: come le ho create le disfo!»

Detto fatto il Signore sparse il polline del sonno su quei due prototipi, che s'abbioccarono all'istante. Poi, chiamato un angelo, diede ordine che fra ogni coppia fosse passata una lama di spada... di taglio, dall'alto in basso, senza ferirli, ma in modo che venissero recisi i legacci invisibili che li univano così stretti.

Quel gesto si chiamò «il taglio dell'oblio». Ma il Signore non si accontentò: fece trasportare lontano, di là dal mare, metà delle femmine e metà dei maschi fra quelli che non stavano accoppiati fra loro, e le creature scombinate dell'altro gruppo le lasciò lì nel primo paradiso.

Quando si risvegliarono, i maschi e le femmine, spaiati e raccolti un gruppo di qua e l'altro al di là dell'oceano, per molti giorni si sentirono come allocchiti.

Era loro chiaro che gli mancasse qualcosa, ma non sapevano indovinare che fosse.

Il taglio dell'oblio aveva funzionato.

Per riempire quel gran vuoto si misero a lavorare con un'alacrità quasi folle. Non facevano altro che muoversi, catturare e allevare bestiame, costruire case e ponti, coltivare, fabbricare carri, navi e andare per mare.

Fu così che dopo alcune generazioni i due gruppi si rincontrarono e si mischiarono di nuovo.

E così succede, qualche volta, che un uomo e una donna generati reciprocamente da due creature che

un tempo se ne stavano abbracciate l'un l'altra, s'incontrino e, a dispetto del taglio dell'oblio, a entrambi salga per tutto il corpo, specie nel cuore e nel cervello, un desiderio incontenibile di allacciarsi e stare insieme avvinghiati, e nessuno li possa staccare, se non causando un dolore che fa morire.

Storia magnifica, no?

Perché mi guardate con quell'aria incredula? Pensate che me la sia inventata? E allora cominciate a leggere quel primo capitolo. Se poi nel seguito troverete un'altra storia, più blanda e camuffata, be', non prendetevela con me, ma con chi l'ha riadattata su ordine di qualche aggiustatore!

Di che vi meravigliate? Che qualcuno abbia censurato pure la Bibbia? Siete dei candidi. Dovreste saperlo: ogni parola che non faccia piacere ai grandi va cancellata, anche se è la parola di Dio.

Sì, ero affascinata da Abelardo, soprattutto per la possibilità che mi regalava di vedere il vero aspetto, la magia sconosciuta delle cose.

Ma c'è stato un giorno che il suo gioco dell'iperbole è arrivato a sconvolgermi.

« Dio ha creato tutto, anche il peccato » ha sentenziato. « E le tentazioni per sollecitarci a realizzarlo. »

« Ma come? » ho boccheggiato io. « Il peccato non è opera del demonio? »

« Il demonio non può aver creato da sé solo un elemento così importante nell'universo, altrimenti sarebbe lui stesso un Dio. Così avremmo un Dio del bene e un Dio del male... È imperdonabile eresia!»

«Impossibile! Il Signore è bontà infinita, non può aver creato il male!»

«Mi spiace, ma il Signore è creatore d'ogni cosa, quindi anche del male. Infatti ha creato pure l'angelo del male... che è il demonio»

«No!» ho gridato io indignata. «Iddio ha creato un angelo che poi l'ha tradito... da sé solo si è trasformato in demonio, con la sua malvagità!»

«Sono stati la sconfitta e il castigo imposto da Dio a farlo precipitare nell'inferno... un inferno creato dal Signore. D'altra parte il bene da sé solo non può rivelarsi unicamente dentro il buio del male.»

«Voi giocate a scandalizzarmi, vero?»

«Niente affatto, ragionate. Concorderete con me e con Euclide che ogni cosa per vivere ha bisogno del suo contrario. Positivo e negativo compongono ogni pensiero, ogni azione, anche fisica. Infatti solo con la luce gli oggetti, le figure, si vivificano, prendono corpo, volume. Ma la luce stessa ha bisogno del buio per rendersi evidente. Se illumini un oggetto chiaro da tutti i lati e lo poni davanti a una parete altrettanto chiara, l'oggetto scompare... non lo vedi più, perché con troppa luce e chiaro hai cancellato le sue ombre... e sono esattamente le ombre, proprie e proiettate, che riescono a far risaltare la presenza vivida delle cose e la luce stessa.»

Cominciava a girarmi la testa: «Vorreste dirmi che grazie al male ci rendiamo conto del suo contrario che è il bene?»

«Brava! E viceversa, naturalmente.»

«Ma, di questo passo, con questa logica» gli ho rimbeccato «il libero arbitrio resta annullato, quale possibilità di scelta rimane a noi?»

«Un momento, andiamo per ordine. Gli antichi pagani, a cominciare dagli elleni, credevano tragicamente nel destino: 'Nessuna volontà dell'uomo, dicevano, può capovolgere ciò che sta scritto nel gran libro del fato!' Euripide metteva in scena personaggi che s'arrabattavano nel tentativo disperato di capovolgere ciò che il destino aveva già segnato. Alla fine, immancabilmente soccombevano. Ma quella loro lotta disperata, quella loro caparbietà, era ciò che li faceva straordinari, autentici eroi. I cristiani, invece, decidono che Dio segna il destino, tutto previsto, si intende: 'Dio tutto vede e prevede'. Ma c'è una variante: noi, a nostra scelta, possiamo scegliere fra il male e il bene.»

«Però il Signore sa già come sceglieremo?»

«Sì, ma noi abbiamo la facoltà di scegliere quello che lui sa già che noi sceglieremo.»

«Eh, no, non ci sto, voi vi divertite a confondermi, a scandalizzarmi: se tutto è già deciso, che margine ci resta?»

«Non volete seguirmi! Non è già deciso, ma già previsto: è un'altra cosa. Tutto dipende dalla nostra forza, costanza, volontà. Il che è ancora determinato dalle situazioni della nostra origine, dalla nostra educazione.»

«E quindi anche dalla fortuna, dalle persone che incontriamo, dalla casualità?»

«Esatto! Ma statemi ad ascoltare un ultimo istante:

chi ci crea forti o fragili davanti alle tentazioni? Chi ci fa preda dei desideri? Un uomo nasce freddo e costante, un altro goloso, l'altro inappetente... uno facile alle passioni della carne... l'altro, come vede una donna nuda gli vien da vomitare... Chi decide allora? »

Non ce n'era abbastanza da sentirsi ribaltare il cervello?

Il mattino appresso, non era ancora schiarito, ero dallo zio. L'avevo letteralmente aggredito: « Ma che razza di maestro mi avete affibbiato? » E gli ho raccontato dei discorsi di Abelardo.

Lui sorrideva. « Di che ti turbi? Sono paradossi dialettici, servono a esercitare le facoltà logiche ».

« Ma che esercitare... quello fa sul serio! Intanto so di sicuro che c'è un'inchiesta su Abelardo e sulle sue idee. Un certo Guglielmo ha tutta l'intenzione di trascinarlo sotto processo per quello che va raccontando ai suoi allievi. »

« Quel Guglielmo di cui parli è il suo ex maestro, e lo sanno tutti che sta crepando d'invidia per il successo del nuovo metodo d'insegnamento dell'allievo e delle sue idee nuove. »

« Certo! Idee da eretico! »

E mi è arrivato un ceffone tremendo. Zac: mi è schizzato via l'orecchino dal lobo.

« Ragazzina impudente e petulante! » urlava lo zio fuori dai gangheri. « Ti ci metti anche tu a sputare veleno. Fossero in tanti uomini così puliti e onesti d'animo e di cervello e devoti e leali alla Chiesa come è Abelardo! »

«Sarà!» digrigno caparbia, massaggiandomi la guancia e l'orecchio che fischia come se avessi dentro un gatto asmatico. «In ogni modo io non ci vado più alle sue lezioni. Con i suoi discorsi mi ha tutta sconvolta, stanotte non ho chiuso occhio, continuavano a guizzarmi pensieri aggrovigliati, e mi è montata un'angoscia da soffocarmi.»

«E di che hai paura? La serenità è degli imbecilli... solo un beota non si crea problemi.»

«Ma lui mi riempie il cervello e lo stomaco di dubbi. Io odio il dubbio... e chi semina dubbio nelle persone, come dice Isaia, di certo gioca un ruolo malvagio.»

E pac, un altro ceffone. Questa volta sull'altro orecchio.

Lo zio, difensore della dialettica, non si dimostrava certo dialettico nella pratica. Mi ha afferrata per i capelli e mi teneva quasi sospesa... a braccio teso... come fossi una marionetta da mostrare al pubblico. Ero costretta a rizzarmi sulle punte dei piedi perché non mi si scollasse il cuoio capelluto. Ma, pur così rizzata-penduta, gli ho urlato: «Potete anche staccarmi di netto la testa, zio, io da quel vostro sant'uomo non ci torno più!»

«Ragazzina impertinente!» mi soffia in faccia l'abate. «Presuntuosa e saccente! Ti sei montata la testa... Capirai! Lei sa il greco, scrive e legge il latino... capisce perfino l'ebraico! Sa recitare i quattro vangeli, le lettere ai Romani di san Paolo, la deca di Livio e i commentari di Seneca. Pregna e impregnata com'è di testi inconfutabili, accetta solo le certezze. È la fanciulla più colta di Francia... E chi la tocca più! Sei solo una scimmietta ammaestrata che s'è imparata tutto a tiritera... Quindi guai a metterti fra le ruote il paradosso del contrario, ti rovesci come una carriola a tre ruote.»

Scimmietta ammaestrata a me? Carriola a tre ruote? Non ci ho visto più. Gli ho azzannato la mano che mi stava passando davanti alla bocca... gli è fuoriuscito un grido da far accorrere tutti gli operai che lavoravano sul torrione di Nôtre Dame, se non fosse che era domenica e non c'era nessuno.

Forse era vero... le adulazioni, i complimenti dei maestri e degli uomini illustri che transitavano per casa probabilmente mi avevano davvero dato alla testa. D'altra parte era fuori discussione che non esistesse in tutta la Francia una donna che potesse dimostrare tanta cultura... se poi aggiungi che non avevo ancora sedici anni!

Ma questo non c'entrava: ora si andava a scoprire che era apparenza, in verità ero solo un fenomeno da baraccone... «la scimmietta ammaestrata» da portare a far spettacolo nelle fiere. Tutta memoria... personalità zero!

Mi sono vista con i campanellini al collo e le piume in testa saltellante sugli scaffali della biblioteca. Sono scoppiata in lacrime. Ululando come un'ossessa, mi sono avventata contro il leggio e l'ho scaraventato a terra. Il camino era acceso, ho afferrato due tizzoni e li ho gettati come torce verso gli scaffali ricolmi di libri.

«Ma che fai, sei impazzita?» era intervenuto lo zio. «Hai intenzione di mandare tutto a fuoco?»

L'abate mi zompava intorno nel tentativo di bloccarmi. Di colpo solleva il mastello d'acqua che sta presso il camino e mi annaffia d'un getto tremendo. Boccheggio fradicia come uno straccio.

In questo preciso istante, come in una atellana di Plauto, entra in scena Abelardo.

Rimane perplesso, poi si toglie il mantello e mi ci avvolge tutta quanta.

« Andate a cambiarvi » mi dice gentile, « poi scendete per favore. Vorrei parlarvi per due minuti. Mi è impossibile trattenermi oltre. Son venuto solo per un saluto. Non potrò più continuare a tenervi lezione. »

Mi sono sentita gelare l'acqua addosso. Non vederlo più, non sentirlo più? Non era proprio quello che volevo? Perché adesso stavo male?

« La contraddizione è delle femmine » dice Catullo... E ci risiamo con le citazioni! Saccente e stupida che non sono altro.

Le gambe mi si danno a salire le scale da sole. Monto in camera mia. La testa non so dov'è rimasta.

Abelardo è giù che parla con l'abate. Indovino che lo zio gli sta raccontando di me cose indegne. Ridiscendo poco dopo con addosso un altro abito, i capelli ancora incollati al viso, fradici.

Lo zio ci lascia soli.

Abelardo mi fa sedere presso la finestra su uno dei seggi di pietra, sull'altro si mette lui. Dolcemente mi afferra un fascio di capelli fradici e me li strizza.

Inizia a parlare quasi distratto: « Lo zio mi ha detto che a tua volta sei dell'idea di troncare questi nostri incontri ».

«Sì, è vero...» balbetto io. «Ma c'è il fatto che forse...»

«No, ti prego, lasciami continuare: mi costa molta fatica parlarti in questo momento.»

Così dicendo strizza ancora le chiome e mi sento colare acqua gelida per la schiena.

«Ti potrei dire che, per quanto mi riguarda, la decisione di non tornare a tenerti lezione è determinata da impegni di studio sopraggiunti, inderogabili... Ma sarebbe una bugia, e anche piuttosto meschina.»

«In che senso?» Mi libero delle sue mani sul mio capo e scuoto con forza i capelli, agitando a scatti la testa.

«Ferma! Mi stai annaffiando!»

Si asciuga la faccia con la mantellina e riprende il discorso: «La verità è che io ti devo chiedere perdono, Eloisa».

Era la prima volta che mi dava del tu.

«Perdono di che?»

«Dell'imbroglio che ho messo in piedi.»

«Quale imbroglio?»

«Avevo sentito parlare di te, da molta gente qui a Parigi. Tu sei famosa, per quanto ti mostri erudita, anzi, colta e sensibile.»

Riecco «la scimmietta ammaestrata»!, mi dico.

«E il coadiutore di tuo zio, Marcello, mi aveva descritto il tuo viso e i tuoi occhi, parlandomi esaltato dei tuoi modi gentili e della tua grazia. Anche Gherardo, il diacono, ne è rimasto affascinato... Hanno ragione, Eloisa, sei bellissima!»

Oddio santo! Mi sono sentita arrossire e tanto calore mi è avvampato che credo dai capelli bagnati si sia visto salire del vapore. Non mi è riuscito manco di balbettare. Seguivo solo le sue labbra muoversi.

« Mi sono così incuriosito di te che ho messo in piedi un imbroglio pur di incontrarti. »

« Quale imbroglio? » chiedo di nuovo.

« Prima mi sono reso amico tuo zio, poi gli ho raccontato la frottola che andavo cercando una stanza da affittare e mi sono offerto di darti lezione... Ma ho giostrato in modo che fosse lui a chiedermelo. »

« Davvero? »

Per l'avvampare del viso, i capelli mi si erano ormai completamente asciugati e la bocca mi era rimasta senza saliva.

A voce bassa, Abelardo riprende: « Come un ladro mi sono introdotto in questa casa. È una infamità quella che ho combinato ».

« È un'infamità » faccio io « solo se siete rimasto deluso di questo incontro. »

Che sfacciata! Come mi era uscita 'sta frase?

« Non scherzare, Eloisa. Capisco il tuo sforzo per non farmi sentire quel verme che sono. Non solo ho approfittato bassamente dell'ospitalità di tuo zio, ma anche della tua fiducia, del tuo candore. Mi sono esibito come un cavallo da giostra, pavoneggiandomi della mia sapienza pur di conquistarti. Io ti volevo. »

Devo dirvi la verità, ero rimasta io un po' delusa nel vederlo caracollare a quel modo.

«Be'... è sempre emozionante assistere alla crisi del contrito ex gaudente fornicante» avevo ribattuto.

Con uno scatto s'era voltato verso di me: mi aveva fatto paura. Era diventato pallido, e madido di sudore.

«Smettetela, vi prego!» si era difeso riprendendo a darmi del voi. «Io sono qui affranto a dirvi che mi sento come dentro la pelle di un asino putrefatto e voi mi spernacchiate come un buffone che non sa far ridere!»

«E che altro vi aspettavate? Un applauso scrosciante per la bella scena del malvagio pentito?»

«No, no di certo... ma almeno... prima di congedarmi... avrei voluto...»

«Cosa?»

«Niente, è meglio di no... Vi saluto. Perdonatemi se vi riesce.»

«Ve ne andate? E che dico allo zio?»

«Non so, quel che volete.»

«Che mi volevate sedurre, far l'amore con me, magari sotto il baldacchino del ciborio?»

«Siete spietata!»

«Ma che poi siete andato in crisi... A proposito, che cosa vi ha fatto tornare indietro, che cosa vi ha bloccato?»

«Il rendermi conto d'aver pensato unicamente a me e al mio tornaconto senza valutare cosa sarebbe successo se si fosse scoperto che voi eravate diventata la mia amante. Se voi aveste ceduto, lo scandalo avrebbe colpito soltanto voi... L'uomo si salva sempre, anzi viene spesso lodato. La donna rimane immancabilmente svergognata.»

«Insomma, avete avuto pietà di me.»

«No, di più, mi sono accorto... di amarvi.»

Lo stato di grazia che prende le piume quando il vento le solleva per aria è niente rispetto a quello che ho provato in quell'istante.

«Ripetetelo, per favore...»

«Non so se sia sensato: le parole importanti, se ripetute, rischiano di apparire false.»

«Vi prego, corriamo questo rischio...»

«Allora preferirei dirvi un brano che avevo scritto per voi.»

«Avete scritto per me?!»

«Sì! E pure musicato...»

«Oh no! Presto cantate!»

«Un attimo, che mi appoggio alla parete... non si sa mai.»

E lui cominciò, fissando i vetri dipinti delle finestre: «Immaginavo di averti amata, d'essermi affondato nelle tue braccia ogni notte».

«Vi prego, rivolgetevi a me, non alla vetrata...»

«Non so se mi riesca, temo che guardandovi mi si spezzi la voce nella gola... Provo a dirvelo, tenetemi la mano.»

Abelardo prese un gran respiro e cominciò, segnando i ritmi e le cadenze:

Mia bella e delicata amica...
La rosa è sbocciata
Fiorita è la vostra allegra risata
Dolce e magica è la vostra compagnia

Nel letto sdraiata la vostra armonia cresce
Un bicchiere per brindare all'amore nuovo che nasce
Delicato da bere come un uovo appena sfornato.
Le nostre labbra si cercano
Le nostre dita si sono già trovate
Insieme vanno caracollando
Verso gli anfratti nascosti
Incollati i nostri corpi tremano.
Presto, spogliamoci per ricoprirci
Di fresche lenzuola e di tenerissimi baci.

Io rimasi sospesa come m'avessero tirata in alto con fili sottili. Non mi riusciva di proferir parola o commento. Lui si levò, mi passò una mano sul viso e se ne uscì di fretta. Sparì.

Lo aspettavo ogni giorno, ma non si faceva vivo. La sera piangevo fra le braccia di Angaria, la mia governante, che io chiamavo Mamula. Era con me da quando ero venuta al mondo. Con lei mi confidavo, l'unico essere vivente su cui versavo ogni pensiero. Vedendo la mia disperazione andava ogni giorno all'università a cercare il maestro fuggito. Chiedeva di lui a scolari, lettori e inservienti, andava a cercarlo in ogni luogo, persino nelle taverne e nei bordelli. Forse si era cacciato in qualche monastero.

Stavo impazzendo, non potevo più attendere tutta la giornata che tornasse Mamula, e per sentirmi dire che Abelardo era svanito nel nulla.

Decisi di uscire con lei. Inventammo una frottola per lo zio abate.

In quel tempo, a due giorni di cammino lungo la Senna c'era la grande fiera di San Matteo. Ogni anno mi promettevo una visita festosa. Questa volta avevo risolto di non mancare. Così ci ritrovammo fuori di casa. Alla scuola di Nôtre Dame chiesi di Arnaldo. Sì, proprio lui, Arnaldo da Brescia, amico fraterno di Abelardo. Mi rispose che era partito per Roncisvalle, diretto al monastero. Era da pazzi seguirlo! Convinsi Mamula a metterci in cammino. Strada facendo incontrammo gente di ogni genere: pellegrini, accattoni, predicatori e pure briganti. Entrambe rischiammo di finire violentate. Ci salvò una turba di lebbrosi. Saranno stati più di cento. Apparvero all'istante, battendo le loro pentole d'avvisata. I nostri aggressori fuggirono fra grida di terrore. Dopo quello spavento decidemmo di tornare a Parigi, seguendo a breve distanza la processione di sfigurati.

Dopo una settimana bussammo alla pusterla del chiostro di Nôtre Dame. Il guardiano che ci aprì non ci riconobbe, tanto eravamo conce, impolverate e anche sporche. Ci vennero in aiuto le donne della cucina, ci intinsero nell'acquaio e ci sciacquarono sbattendoci come rape da monda. Rivestite che fummo, scendemmo nella grande stanza che serve da studio dello zio. Io entrai per prima e, convinta di trovarci l'abate, mi preparavo a raccontare della nostra tragica avventura. Dinanzi al tavolo c'era un uomo che ci mostrava le spalle. Iniziai subito a parlare senza prendere fiato. L'uomo si voltò all'istante... per poco non finii lunga distesa: era lui, Abelardo!

Si era rasato barba e capelli, pareva un diacono.

Mandai un urlo, correndo mi precipitai addosso a lui, saltandogli letteralmente in braccio. Ridevo, e piangevo. Parlavo anche, ma tutto quello che riuscivo a spiccicare non aveva senso alcuno.

Dopo un po' di tempo stavo seduta su una grande poltrona e tremavo ancora, quando entrò lo zio abate e, andando verso Abelardo, raccontò che l'aveva scoperto per caso a Carcassonne, dove era andato a insegnare a una congrega di monaci in odore di eresia.

«Ho faticato l'indicibile per convincerlo a tornare qui da noi. Ho dovuto perfino minacciarlo che l'avrei denunciato.» Così dicendo lo abbraccia teneramente.

Di quello che successe di lì a uno, due, non so quanti mesi ricordo tutto in una confusione stordita, come se l'avessi vissuto sotto incantamento.

Abelardo tornò da noi a Nôtre Dame, le cui arcate centrali cominciavano a reggere il guglione che puntava dritto nel cielo. Insieme, all'ora in cui il buio imponeva ai muratori di sospendere il lavoro, noi, reggendo lumi, salivamo fra le strutture dei contrafforti, come dentro una sequenza di fitti pilastri simili a una foresta.

Ci si arrampicava sulle scalinate che montavano a torciglione fino a perdere fiato e, giunti a ogni tornante, ci si abbracciava. Ci baciavamo per tempi infiniti. Credo che nessuna cattedrale in costruzione abbia mai sentito gemiti e sospiri e parole appassionate come quelle di cui godette, grazie ai nostri appassionati allacciamenti, Nôtre Dame.

A

*

Dentro uno spazio appeso nel vuoto ci siamo sdraiati sopra un cumulo di teloni da copertura, a prender fiato. Attraverso archi traforati come in un ricamo, si scorgeva tutta Parigi. Ci sentivamo in capo al mondo.

Lassù abbiamo fatto l'amore.

Non posso raccontare nulla di quell'atto stravolgente. Non per pudore, ma per mancanza di immagini e parole adatte.

Riprendemmo le lezioni. Si stava nella penombra, appena accarezzata dai fiochi fasci di luce che bucavano la vetrata. Ogni tanto, proiettata sulla parete ornata di cristalli a scaglie rosse, azzurre e oro, scorgevamo l'ombra dello zio che transitava leggero come un colombo, per sincerarsi che noi fossimo là dentro. Subito levavamo la voce, Abelardo fingendo di tenere lezione, io ponendo quesiti.

Un giorno successe anche che l'ombra dello zio apparisse proprio mentre si faceva l'amore. Per fortuna non ci poteva scorgere. A me erano sfuggiti gemiti inequivocabili. Abelardo, per truccare quel vocalizzo, rapidissimo levava la voce alla maniera del maestro che redarguisce l'allieva per la poca attenzione ai suoi discorsi e addirittura schioccava le mani a imitare uno schiaffo. Lo zio stava al di là della vetrata, convinto che non ci fossimo accorti della sua presenza. Noi spudorati nel buio si continuava nel nostro amplesso appassionato.

A me sfuggivano gemiti in crescendo. Diviso dai vetri, l'abate commentava soddisfatto: «Bravo! Bisogna essere severi se si vuole ottenere risultati degni e duraturi!» Io fingevo uno scoppio di lacrime per mascherare una risata troppo evidente e lui, Abelardo, fingeva di aggredirmi: «Ragazzina, è inutile che facciate la manfrina del pentimento. Mostrate più partecipazione o mi costringerete a battervi con la stecca da riga».

L'abate s'allontanava sfregandosi le mani e commentando: «Ecco un maestro degno di questo nome!»

Dire che avevamo perso la testa e ogni ritegno è poca cosa. Travolti come ci sentivamo dentro quella danza di follia, non ci curavamo di prendere precauzioni alcune.

Ogni tanto Abelardo mi lasciava infilati in un libro dei suoi scritti. Ne ho salvato qualcuno.

Eccoli:

«La sapienza era il mio valore. Mi pavoneggiavo nelle aule come un solenne profeta. Il mio non era un camminare, era un incedere. Gustavo il frusciare delle mie vesti da dotto inarrivabile, casto come una colonna di marmo. Mi vantavo, sapendomi ammirato per questa mia purezza da anacoreta seduto in cima a una colonna a meditare.

Sono caduto fra le tue braccia come un bimbo stordito. E dire che la trappola l'avevo approntata io per fartici cadere.

Alle volte succede che mentre ci scambiamo i corpi nell'amore, perdendoci nei baci, io scopra le tende delle finestre scuotersi per il vento. Dietro nascosto mi sembra di scorgere Dio in persona che ci va spiando geloso del nostro amore, giacché uno sconvolgimento folle e impossibile come il nostro non l'ha mai provato. Perciò se ne va sbattendo indignato i teli leggeri che filtrano la luce.

Non sono un musico, ma tu mi hai insegnato a suonare viole e mandole delle quali sei composta e hai fatto scoprire anche a me d'aver subito una incredibile metamorfosi: mi sono tradotto in cornamusa.

Tu soffi e gonfi i languori nel mio spirito e suoni il mio flauto, cavandone melodie stupefacenti.

Tu sei l'angelo che sa danzare come la più abile delle puttane.

Tu sei la mia piccola dea del vento,
che trilla le onde e monta la schiuma
perché io possa come un delfino scivolare sul tuo corpo,
sui tuoi seni e glutei, gemendo canti lascivi.

Possedevo un piccolo letto e tu abbracciandomi l'hai disteso come un campo fiorito,
nel quale affondano le nostre passioni e ci perdiamo, per ritrovarci ogni volta, quasi per caso».

Ma, come dice un vecchio adagio, il torneo degli amori sfocia sempre fra languori e gemiti in un pianto di bimbo: infatti mi accorsi di essere incinta.

Come dirlo allo zio abate? Lui, che avrebbe giurato sul fuoco che fra me e il maestro di Sorbona ci fosse una spada d'acciaio a difenderci da ogni lussuria!

All'alba Abelardo venne con un carro svelto e mi rapì. Io protestavo. Mi tappò la bocca, mi sollevò dopo avermi avvolta nel suo grande mantello e mi caricò sul carro. Diede l'ordine al servo di frustare i due cavalli e mi portò in Bretagna. Fu un viaggio d'inferno, si litigava fino agli insulti. Mi sferrò anche qualche schiaffo. Le ruote del carro saltavano su ogni pietra. Gridai: « Mi vuoi far abortire? È questo il tuo piano? »

La casa dove ci nascondemmo in Bretagna era fuori del villaggio, presso la foresta, tagliata da un fiume. Furono giorni incantevoli. Eravamo ospiti della sorella di lui. Si andava intorno, raccoglievamo frutta e bacche odorose. La sorella chiamò una donna levatrice. Scoprimmo che il bimbo nel mio ventre viveva già da quattro mesi, come minimo. Sentivo il mio corpo mutare lentamente: la pelle era più liscia, i seni più grandi e pieni, il ventre si sollevava. Al principio dell'estate nacque un maschio bellissimo e sano. Lo chiamai con un nome davvero insolito: Astrolabio, che vuol dire colui che abbraccia le stelle.

Era un putto meraviglioso, allegro, e svelto di mente. Ho avuto l'impressione che fosse nato con gli occhi già spalancati. Cominciò a ridere prima ancora di farfugliare suoni simili a parole.

Venne a trovarci un allievo di Abelardo. Mi portava notizie dello zio Fulberto. Aveva saputo della nascita di mio figlio da alcuni ragazzi dell'università che erano

andati sotto la curia di Nôtre Dame a cantargli una ballata di scherno, che più o meno diceva:

Fulberto, abate accorto,
il sapiente a te preferto
t'ha fatto un bello scherzo:
t'ha coverto in total guisa
la dolce e casta tua Eloisa.
T'ha sonato la nepote,
zoven putta dalle caste gote.
E per far luce a sto gran sollazzo,
tu gli hai retto pure il moccolo.

Sempre dal giovane allievo venimmo a sapere della disperazione in cui era caduto lo zio abate: appariva distrutto, si sentiva umiliato, tradito, beffato, non usciva più dal chiostro di Nôtre Dame, stava chiuso nella sua stanza. Ogni tanto lo si sentiva piangere con grida disperate. Abelardo si lasciò cadere seduto, tenendosi la faccia fra le mani. Anch'io provavo grande dolore. Avevamo guardato dentro la nostra gioia e non avevamo visto nemmeno l'ombra della disperazione altrui.

Abelardo decise di tornare a Parigi e presentarsi a Fulberto, per chiedere il suo perdono. Lo abbracciai. Quel gesto di umiltà e coraggio mi aveva commossa. Si preparò subito a partire, afferrò il piccolo figlio, lo sbaciucchiò cantandogli una tiritera e gettandolo in aria per riprenderlo al volo fra grida e risate del bimbo. Prima di uscire mi chiese se poteva annunciare allo zio che mi avrebbe sposata. Non risposi, corsi via tenendomi in braccio Astro, il nostro bambino... nessuno aveva la forza di chiamarlo Astrolabio.

Giunse a Parigi e si recò subito alla cattedrale. L'abate stava dicendo messa nell'unica cappella già ultimata. Abelardo attese l'« Ite, Missa est » e lo seguì in sacrestia. Fulberto non lo vide entrare, stava sfilandosi la tonaca e i paramenti. Quando si scoprì dell'ultima veste gli apparve a qualche palmo dagli occhi il viso di Abelardo, affranto. Il più grande maestro di eloquenza del mondo conosciuto non sapeva proferire parola. Si sedettero su una panca, uno appresso all'altro. A parlare fu l'abate. Non accusò, né proferì insulti.

« Io so che tu ami mia nipote di profondo amore. E non nascondo che l'idea che insieme abbiate un figlio mi riempie di gioia e orgoglio. Ma è l'inganno con il quale avete condotto la vostra storia che mi procura una mortificazione senza fine. »

A questo punto anche Abelardo cominciò a parlare. Ammise tutte le colpe possibili, ma rovesciò ogni autoaccusa descrivendo la passione da cui entrambi eravamo stati travolti. E chiuse chiedendo all'abate il consenso al matrimonio con me.

« Amo Eloisa e desidero solo sia la mia sposa. »

Finì come da copione, con i due abbracciati che piangevano ognuno sulle spalle dell'altro.

*

Ci siamo. Il rito della nostra unione s'è svolto in Saint Jacques de la Rose, un'abbazia a pianta circolare come un battistero, a pochi passi dalla Senna. Avevamo concordato che il matrimonio dovesse rimanere segreto. Ad officiare era lo zio. Nella chiesa il sole non era ancora spuntato. C'erano solo amici fidati. Io m'ero vestita d'azzurro, come sognavo da ragazza per *le mariage*. Lui indossava il solito abito nero. All'istante sul fondo, dietro il transetto, apparvero una diecina di ragazzini che intonavano l'*Exultet*.

« Che scherzo è? » esclamiamo all'unisono. « Un matrimonio segreto col coro? »

« Niente panico » ci aveva tranquillizzato sorridendo Arnaldo, il bresciano. « Sono un mio dono personale. Li ho allevati io al canto. È il coro di Saint Vermeil Clochée, fuori le mura. »

Il testo arrivava nitido e chiaro: « Esultate, questo è il giorno della gioia chiara, l'acqua scorre dalla fonte dei pensieri, le mani si cercano per legare i nostri amori. Danziamo fino all'ultimo respiro. E se ci riesce cantiamo pure. Difficile che una sì pura gioia riallacci sì fortemente le nostre vite ».

Come nel rito pasquale tutti ci siamo abbracciati l'un l'altro alla fine, e lungamente Abelardo mi ha baciata. Quando si è staccato da me, sono rimasta sulla punta dei piedi ancora, in attesa che ricominciasse. Poi ognuno si dileguò. Rimanemmo soli, seduti su un sarcofago romano. Io dissi: « Promettimi che quando arriverà il momento, ognuno di noi farà in modo di essere sepolto insieme all'altro, dentro la stessa tomba ».

« Un finale di sponsale come questo potevi proporlo solo tu » aveva risposto. « Prometto che io ti aspetterò con le braccia spalancate. »

Come dice lo pseudo Saffo, « vivevamo entrambi sospesi nel fluire del dolce fiume che si scarica gorgheggiando nell'acqua amara di sale dell'oceano ».

Io temevo che quel matrimonio, celebrato per me, perché fosse difesa e salva la mia reputazione, si rivelasse al contrario un sacrificio dannoso per Abelardo. La scuola di Nôtre Dame, come tutti gli studi di Francia, era imprigionata dentro regole rituali: un maestro di fama e di purezza come il mio sposo non doveva avere vincoli, né passato riprovevole. Tant'è che quando mi si chiedeva di testimoniare sul nostro matrimonio, ogni volta io negavo fosse avvenuto. Scoprii che la notizia della funzione che mi univa con Abelardo era stata divulgata dal Fulberto abate, mio zio. Mi resi conto che andava intorno a darne notizia specie se si trattava di persone provenienti dallo studio, cioè dall'università. Sospettai subito che quel divulgare l'avvenuto a proposito del mio matrimonio non gli era dettato da una gioia incontenibile da condividere, ma piuttosto era intenzionato a diffamare la credibilità e l'onore di Abelardo.

Come prevedevo, fra i molti dottori la nuova del nostro matrimonio fu cavalcata a tutto spiano dai maestri infastiditi dal troppo successo di Abelardo. Il pettegolezzo e la facile ironia su di noi diventarono il passatempo più goduto del mondo accademico parigino. Ma io temevo si fosse solo al preambolo del dramma. Come diceva Socrate (citazioni, sempre citazioni!), il dileggio è la base preparatoria del linciaggio finale, e quello che ci aspettava era il più grave degli arrocchi che avremmo dovuto subire.

Noi avevamo deciso che, con il clima ostile che si stava formando, il meglio era limitare i nostri incontri. Ma una notte quattro scellerati entrarono nella stanza dove Abelardo dormiva solo. E, come vi ho già raccontato all'inizio, si perpetrò la più orribile delle violenze...

Al mattino accorsero da tutti gli studi allievi e maestri a centinaia. Abelardo era stato portato nel quadriportico, un medico era riuscito a bloccargli l'emorragia e ora stava disteso sul rialzo del pozzo. I suoi carnefici l'avevano ferito anche sulle braccia, sul viso e nelle gambe: era fasciato al punto da sembrare l'immagine di Lazzaro appena risorto, attaccato a un brandello di vita. Pochi fra gli studenti sapevano trattenere le lacrime. Si sentivano solo lamenti, qualcuno pregava in silenzio.

Lo portai via di lì, la badessa del convento dove m'ero sistemata ci accolse entrambi.

Abelardo si riprese a fatica. Riuscì a tornare all'impiedi solo un mese dopo. Continuava a ripetere: «Chi mi ha conciato a 'sto modo?» Io rispondevo che erano tanti, troppi a portargli rancore, ma in verità in cor mio ero certa che il mandante di quello sconcio fosse mio zio: sua era la vendetta per la mortificazione e l'inganno subito, la beffa e gli sghignazzi dei goliardi. Aveva perduto il rispetto dell'università e dei prelati che si apprestavano a prendere dimora nella cattedrale. Colpire

Abelardo nell'amor proprio e nella virilità era a suo storto avviso l'unico modo per riacquistare il rispetto di se stesso e degli altri.

Spesso Abelardo parlava con me come parlasse con se stesso: erano soliloqui disperati, conditi di un'autoironia feroce. «Proprio nel momento in cui vivo l'amore» cominciava quasi sottovoce «mi accorgo stupito che l'abbraccio e il muoversi l'uno nell'altra trasformano anche il modo di gestire il tuo corpo, il respiro, il tono e il ritmo della tua voce. Questa situazione straordinaria mi ha ricordato quando da ragazzino, abituato a bagnarmi nel fiume che passava sotto la mia casa, traslocando di paese mi ritrovai su una spiaggia, i piedi bagnati dai flutti. Una grande onda mi acchiappò scaricandomi nell'acqua alta e turbolenta e scoprii il sale in bocca e il terrore di finire in fondo agli sguazzi rotondi del risucchio... Dopo un istante però galleggiavo e mi rotolavo nelle onde, godendo di una gioia impossibile. Poi scende franando il sole, finisco nel buio più pesto, frastuoni e bestemmie diventano i commenti della mia vita. Cos'è un uomo evirato? Una specie di burattino senza fili o forse... sì i fili son rimasti a muovermi... sono nelle mani tue, Eloisa. Grazie a te, ai tuoi gesti e alla tua dolcezza, sembro quasi un umano, ma non può andare avanti così. Tu devi vivere la tua vita, io devo imparare a muovermi senza i fili.»

E a 'sto punto cominciarono dialoghi spietati. In certi momenti il suo atteggiamento da vittima degna solo d'essere abbandonata mi irritava. Sentivo insopportabile il mio ruolo di consolatrice e servente a tutto campo. Ero ben disposta ad aiutarlo, proteggerlo e spingerlo a ritrovare un equilibrio, ma avevo ormai intuito cosa mi si chiedeva: il sacrificio, non quello di stargli appresso, ma di rinchiudere la mia vita in un monastero. Questo sacrificio avrebbe dato significato e valore alla sua esistenza di maschio evirato. Era la pretesa di un egoismo inaccettabile, disumano. Dovevo cancellare in me ogni possibilità di rifarmi un'altra vita, magari con un'altra storia d'amore. Accendete pure i fuochi: il capro espiatorio è pronto! Una volta trepidante sul rogo, il fumo della sua carne renderà nuovamente degna la ragione di una vita, quella dell'ineguagliabile maestro del pensiero e della parola.

Finì con insulti feroci, da ambo le parti. Urlavo ma non piangevo, tanto ero indignata: mi sentivo considerata come un'icona da spostare da un muro all'altro della chiesa, secondo le esigenze del rito. Ma quella era la regola del mondo in cui vivevo. Fossi stata contadina in mezzo a pecore, capre e oche, addestrata alla zappa o al forcone, a mungere e a lavar panni, mi fosse capitato un mio simile per marito, villano come me, castrato per vendetta, non avrei avuto problemi. Non ci sarebbe stata dignità da proteggere, nessuno mi avrebbe indicato il monastero come soluzione finale. Capre, oche e sbatter panni mi avrebbero salvata. E ancora, se bande d'infami m'avessero fatto violenza, stuprandomi, mio marito non avrebbe pensato neanche per un attimo a ripudiarmi: per loro fortuna i villani non hanno sacra dignità da salvare!

Finì che accettai di entrare in monastero, qui ad Argenteuil, dove ho scritto e continuo a scrivere queste mie lettere.

Anche Abelardo ogni tanto mi scrive. Mi dice che si sta riprendendo, lo aiutano l'ammirazione e la stima di cui gode presso i suoi nuovi allievi a Saint Denis, dove s'è ritirato. Non sento più rancore per lui. Come si dice... sto in pace. No, non è vero: in verità non mi do pace alcuna. Leggo, insegno alle mie sorelle tutto quello che so o credo di sapere. E rivivo ogni momento della mia giovane vita. Mi appaiono frammenti che avevo sciolti nel ricordo: l'istante in cui ho per la prima volta incontrato Abelardo, con quella sua aria di monumento dentro una nicchia, le sue storie folli della Bibbia, lo stordimento che mi procuravano i suoi racconti, l'amore che mi invadeva al ritmo dei palpiti d'emozione...

«Ma quelle voluttà d'amanti che provammo insieme... ovunque io mi volga sempre me le ritrovo dinnanzi. Mi si presentano davanti agli occhi, annunciate dal desiderio che le accompagna, e le immagini straripanti di languore che si susseguono non mi risparmiano neanche quando dormo. Perfino nel mezzo della celebrazione della messa, quando più pura deve essere la preghiera, i fantasmi osceni di quelle voluttà si impadroniscono così voraci della mia malinconia e me la trasportano, oscillando come in un gioco di lussuria, tanto che mi abbandono più a quelle turpitudini che alla preghiera.» (Eloisa, lettera seconda)

STORIA DI MAINFREDA,
ERETICA DI MILANO

Milano, alla fine del Trecento, è una delle città più popolate d'Europa. Supera i duecentomila abitanti, ma è una città in crisi, soprattutto crisi politica. Il Comune e la sua cultura sono stati abbattuti dalle varie famiglie di signori, in guerra anche tra di loro. La città è attraversata da truppe mercenarie che saccheggiano e devastano ogni luogo, compresi quelli sacri. Questa storia narra di una delle più terribili incursioni nell'abbazia di Chiaravalle, appena fuori Milano. La maggior parte dei monaci cistercensi si sono salvati dandosi alla fuga tra i campi e i boschi circostanti. Altri sono stati massacrati dall'orda degli scannapanza.

Il portale della chiesa ha resistito, ma dentro, fra le tre navate, non è rimasto nessuno. Fra le arcate centrali si nota, sotto il tiburio, una sedia gestatoria molto alta, in pietra. Seduta nella imponente immobilità di una statua, simile a una Teodora, coperta com'è di corona, pendagli, collane e stoffe d'oro tanto pesanti da disegnare panneggi di bassorilievo in bronzo, c'è una donna: Guglielmina di Boemia, detta «la santa» dagli stessi monaci.

Dall'esterno arrivano grida incomprensibili fra il bergamasco e il germanico. Urla di gente terrorizzata, e di altri che sghignazzano. Poi, alla porta sul lato destro, imprecazioni e scossoni.

Qualcuno sta tentando ancora di sfondare il portale. E questa volta i chiavistelli saltano, con gran polvere. Dai battenti spalancati entra una luce accecante. Aggrappati a un lungo palo che termina in una testa d'ariete, come i ciechi di Bruegel per il buio della chiesa, avanzano quasi arrancando numerosi soldati, scalcagnati e ubriachi. Ridono come ebeti. Proseguono e si apprestano ad abbattere anche il portale sul lato opposto. Alcuni sono carichi di galline sgozzate, capretti e vesciche piene di vino. Uno degli aggressori sembra il più ubriaco, si fa letteralmente trascinare dal palo. Ogni tanto perde la presa e, mentre gli altri continuano a muoversi avanti e indietro, lui agisce come se quello fosse un animale da catturare: lo chiama, lo accarezza, gli offre del vino e poi stufo lo colpisce con la mazza, finché il palo reagisce come una lippa, sollevandosi a leva e mandando a gambe all'aria tutta la squadra. La banda degli scalmanati con fatica si risolleva. Sono furenti per il gran botto, minacciano di accoppare quello squinternato ma, come gli si avvicinano, si rendono conto d'aver a che fare con un vero e proprio gigante a sua volta ubriaco, che oltretutto ride da scompisciarsi. «Co co, stì a zérca de pecunia, tresòr. En fàzza a vùi, sbarlòcchi, èsti.» I soldati, se pur a stento, intendono quel linguaggio, con cui il gigante folle li avverte che il tesoro che vanno cercando sta proprio dietro di loro, addosso alla regina sacra: la famosa Guglielmina, la Boema, carica di gioielli. Basta allungare la mano.

Gli energumeni rimangono esterrefatti: davanti alla fissità da statua e a tanta maestà si sentono imbarazzati. Qualcuno accenna a inchinarsi, ma è impacciato dal palo. Il gigante ubriaco li convince a non avere soggezione di sorta. Li invita a liberarsi del palo al quale sono rimasti appesi e a trascinarlo fuori dalla chiesa. Ubbidiscono. Usciti che sono, l'ubriaco di colpo chiude il portale. Con tutto il peso del corpo fronteggia i botti che gli altri lanciano contro la porta. Resiste a una, due e più mazzate, poi viene scaraventato via come un proiettile e rotolando si trova quasi fra le braccia della Guglielmina, sempre impassibile. Gli energumeni rientrano, sono davvero imbestialiti. Hanno le spade sguainate. Chiudono le porte, poi le riaprono perché è troppo buio. A ogni porta rimane un uomo di guardia. Lentamente si forma un cerchio e subito si chiude intorno a quella specie di Polifemo, che all'istante si trasforma in un bimbo piagnucolante. Dai lamenti farfugliati si indovina che chiede perdono e comprensione, poi con smorfie cerca di indurre al riso la banda degli aggressori.

Ora è in ginocchio. Si fa il segno della croce e, prima che i fendenti calino su di lui, scongiura i suoi aggressori di lasciargli recitare le preghiere per la salvezza della sua anima. Inizia a pregare, e la tiritera si tramuta in un canto sacro. All'istante, sempre cantando, il gigante comincia a roteare la sua grande spada addosso a quella masnada di armati: soldati che vanno gambe all'aria, gridando per le ferite e il terrore. Poi il gigante ritorna a inginocchiarsi e a pregare. Alla fine chiede che sia il soldato che sta di fianco alla porta a ucciderlo. Costui si avvicina.

All'improvviso, nella luce del portale appare un carretto sospinto da un soldato vociante, che con il classico cantilenare dell'imbonitore offre la propria merce: una ragazza legata mani e caviglie, seminuda, distesa sul carretto. Di colpo l'attenzione è presa dal nuovo interessante mercato. Tutti si avvicinano. La ragazza, per quanto le è possibile, tira calci, insulta e sputa in faccia a chi le si accosta. Uno dei soldati, in cambio della fanciulla, offre due polli al venditore. Quello glieli ributta in faccia. Accetta solo denaro, denaro sonante! Spara una cifra piuttosto elevata. Tre di loro mettono insieme il proprio gruzzolo. Mentre discutono, il gigante, sempre salmodiando, approfitta della pausa per baciare la ragazza, ma si becca una gran morsicata sul labbro, una scarica di sputi e un calcione dal proprietario della preda. Raccolti i denari, i soldati pagano. Ora discutono su chi debba divertirsi per primo.

Nel frattempo, il gigante è salito verso Guglielmina e, con l'aria più disinvolta di questo mondo, le ha staccato un orecchino e una collana fatta di monete d'oro. Va verso l'imbonitore e, smontando la collana, gliene offre una manciata. Quello, sbalordito, accetta. Ma i soldati non ne vogliono sapere di cedergli la ragazza così si gettano sul carretto spingendolo verso l'uscita. Il gigante se ne accorge, afferra una torcia dalla parete della navata e fa capire che se si avvicineranno farà un solo rogo del carretto e della prigioniera. Il padrone della ragazza, un po' con le buone e un po' con le cattive, convince gli altri

a starsene calmi e, giacché il gigante ubriaco vuole che tutti si disarmino, roteando la torcia li costringe a ubbidire: devono buttare le spade e le lance in un sarcofago e richiudere il pesante coperchio. Accettano, cercando di prendere tempo così da poter far fuori il gigante piromane alla prima mossa falsa. Infatti, appena questi si scosta dal carretto, ecco che un soldato si getta fra lui e la ragazza brandendo un candelabro. Il gigante non accenna nemmeno a fare un passo indietro e cala la grande torcia sul soldato che urlando prende fuoco. Tutti fuggono sgomenti. La ragazza legata manda grida di terrore a ogni ammazzamento. La Guglielmina, come se la voce le uscisse dal ventre, si mette a parlare in latino. Quindi, sollevando la mano, emette suoni in gregoriano. Pian piano, i soldati feriti a morte e i prossimi morituri le rispondono in coro.

Ormai fuori di sé, il gigante continua il macello. Prima blocca l'uscita, poi, come un ossesso, brandendo con una mano la torcia e con l'altra la sua grande spada, parte all'attacco di quelli che si sono nascosti. A ogni assalto volano per la cattedrale braccia, piedi, gambe. Alla fine si ricorda di quello che sta dentro al sarcofago: scosta appena la pietra, il soldato tira fuori la testa e il portatore di fuoco spinge il coperchio a incastrargliela. Una gran sciabolata ed eccolo con la testa in mano, che va a infilare sull'asta presso il tiburio. Vittorioso, sghignazza, canta. La ragazza, annichilita com'è dal terrore, non si agita nemmeno più. Il gigante la libera, mozzando le funi, la solleva come un bimbo e la deposita con dolcezza sul grembo della ieratica Guglielmina, la quale, sempre salmodiando in latino, lo ringrazia: «Angelo del fuoco, tu sia benedetto. Vai pure ora, nella gloria del Signore che t'ha a me inviato». Che in originale suona così: *Angelus igneus, esto benedictus. I nunc in gloria Domini qui te misit ad me.* Come d'incanto, il gigante si spoglia di tutte le sue corazze, degli spalloni e dell'elmo: appare nudo, bellissimo, i capelli sciolti e due grandi ali spalancate. Il suo corpo emana una luce azzurra intensa, volando sale sull'ambone nell'attimo stesso in cui nella cattedrale entrano i seguaci della santa, maschi e femmine, preceduti dai cistercensi che all'istante si inginocchiano recitando *Lode a Dio*. L'angelo attraversa tutta la navata per il lungo dirigendosi verso il rosone, lo sfonda proiettando tutto intorno vetri e cristalli. Una pioggia di riflessi dorati e colorati di rosso e azzurro cade al suolo seguita da piume d'ali che vanno svolazzando per l'aria. Dei bimbi corrono a raccogliere quelle penne e quelle piume e ritornano verso la santa, offrendogliene un gran mazzo.

Da quel fatto, a cui migliaia di fedeli giurano di aver partecipato, nasce una leggenda che dura per più di un secolo. Ogni milanese impara che Guglielmina è la figlia del re di Boemia che venne ancor fanciulla da quelle terre e si fermò a Milano, accolta presso l'abbazia di Chiaravalle, come un'oblata cioè religiosa laica. La principessa organizza incontri sacri e allo stesso tempo gioiosi, ai quali sono invitati tanto le femmine quanto i maschi. Insieme si partecipa a banchetti mistici alla maniera delle prime comunità cristiane. Nasce così un movimento di credenti molto solidali fra di loro. Essi praticano una sorta di comunità dei beni e la ricerca di una totale parità dei sessi, anche nel gestire le ritualità della fede. Spesso a questi incontri ci sono i monaci di Chiaravalle, lusingati dalla quantità di persone che vengono anche di lontano a far visita alla principessa per i più disparati motivi. Fra questi la speranza di venir guariti da morbi o da infermità, le più diverse. La nobile taumaturga spesso minimizza i suoi miracolosi interventi e ribadisce: « Io non sono stata generata direttamente da Dio. Ho avuto un padre e una madre normali, se pur regali ». Ma ormai Guglielmina fa parte della leggenda e l'idea che anche una femmina possa essere stata concepita come Cristo dallo Spirito Santo è un evento che non si può tralasciare.

Il movimento che si crea intorno alla principessa taumaturga è detto dei guglielmini. Alcune autorità del mondo cattolico si dicono preoccupate per il dilagare di quel pensiero che, oltre a predicare la povertà francescana, ha fatte proprie certe istanze degli eretici provenzali. Ma il Santo Uffizio rifiuta ogni sollecitazione a intervenire per frenare l'incontrollabile movimento dei guglielmini, soprattutto per la fama di sante donne e uomini di cui godono presso la pubblica opinione, grazie anche all'ala protettiva dei cistercensi che li ospitano. Gioacchino da Fiore, uomo di punta dei rinnovatori, fu talmente affascinato da quella donna e dal suo pensiero da dichiarare pubblicamente che, se ci fosse stata qualcuna degna fra tutte le femmine di salire al soglio pontificio, quella sarebbe stata di certo Guglielmina di Boemia. La profezia era data per certa non solo dai seguaci

della taumaturga, ma dalla gran parte della popolazione di Milano, perfino da una giovane paludata come Mainfreda, della famiglia Visconti, signori di Milano.

Sarà proprio lei, Mainfreda, che alla morte di Guglielmina, avvenuta nel 1281, verrà scelta dai seguaci come nuova madre della comunità. Fu eletta badessa del convento delle Umiliate, famoso movimento di religiosi laici che imponeva ai seguaci l'obbligo di procurarsi il sostentamento con il lavoro e la fatica. Milano e la Lombardia tutta devono a questo movimento la nascita della filatura di cotone, lino e lana che raggiunse i più alti livelli di produzione in Europa. Già nel 1184 il movimento venne scomunicato da papa Lucio III per eccesso di autonomia, economica e religiosa, ma si ricompose quasi subito e si sviluppò con altrettanta fortuna. È risaputo che la Chiesa imponeva il veto di promiscuità a tutte le comunità religiose laiche. In poche parole, uomini da una parte, donne dall'altra, sia in convento che nella vita quotidiana. Ma, grazie all'indispensabile uso dei telai, maschi e femmine della comunità degli Umiliati riuscivano ad aggirare questo divieto. La lavorazione di ogni tessuto impone una presenza imprescindibile di donne e uomini.

Come già a san Francesco anche agli Umiliati era proibito predicare in pubblico, ma forti dell'enorme consenso popolare essi disubbidivano spesso, cosa che irritava moltissimo le alte sfere della Chiesa cattolica. Ancor più i vescovi si contrariavano per le dichiarazioni pubbliche di Mainfreda, la quale asseriva: «Una donna vale esattamente quanto un uomo. Quindi noi femmine della comunità non siamo disposte a sottometterci né a un marito né a un prete». L'indignazione del clero fu fortissima e l'Inquisizione attaccò con forza inaudita, rischiando di rendere impopolare il sacro romano uffizio. L'intiera comunità fu tradotta in carcere e momentaneamente sospesi furono anche i monaci di Chiaravalle, che in verità se la cavarono con un grosso spavento. Il processo fu rapido e senza rimandi. In più di un'occasione Mainfreda mise alle corde l'assetto dei giudici, come quando dichiarò: «Per quanto riguarda il matrimonio, noi non lo accettiamo come spesso, anzi sempre, ci viene imposto. Non siamo noi a scegliere il compagno della nostra vita. La scelta è dei padri e dei tutori. Questo non ci fa sentire figli umani del creatore, ma animali che l'allevatore accoppia secondo un proprio calcolo e interesse. Noi, come pecore, capre e vacche, dobbiamo poi pensare ad accettare d'essere munte e montate e di allattare la nostra prole. Nient'altro! Per questo Ambrogio, il santo della nostra città, strappava le figliole dalle mani dei propri cari. Cosa ci fosse di caro in quel ruolo è ancora da spiegare... Dicevo strappava le giovani figlie dal mercato che i padri facevano di loro, ancora implumi ma certamente vergini, per carità, garantite! Anche allora la Chiesa e le famiglie si ribellarono alla razzia organizzata dal santo che andava allontanando figliole al possesso della famiglia. Non poterono condannarlo poiché, ahimè, era vescovo assoluto di questa città. Se fosse nato femmina, il suo trono sarebbe stato un rogo, quello che voi state preparando per me e per tutte le mie sorelle e fratelli».

Infatti, esattamente nel 1300, Mainfreda e alcuni suoi seguaci furono mandati al rogo. La fondatrice dell'ordine, la santa taumaturga Guglielmina, venne disseppellita e il suo cadavere bruciato insieme all'eretica Mainfreda viva.

LA SCANNAFIERE

La domatrice di leoni prende posto nel centro della gabbia sotto lo chapiteau vuoto. Due sgabelli alti un paio di metri sono collocati in mezzo alla pista; accatastati da un lato altri sgabelli di varie dimensioni. La domatrice, aiutata da due inservienti, afferra dalla catasta un paio di sgabelli e li sistema torno torno alle grate. Un inserviente esce dalla pista e rientra con un registratore, andando a posarlo su uno sgabello. L'altro inserviente porta in scena due cerchi con lampadine che verranno accesi per il «numero del cerchio di fuoco».

La domatrice si cinge i fianchi con un cinturone dal quale pende una lunga pistola. Afferra una frusta e prova a farla schioccare. Nell'altra mano tiene un forcone. Pianta il forcone al suolo e afferra una sedia. Indossa un costume per metà da domatore convenzionale (giacca con alamari sulle spalle), per il resto è in tenuta da ballo con i lunghi calzerotti da prova. Preme un pulsante del registratore: sparata a tutto volume, dall'altoparlante si diffonde l'ouverture del *Guglielmo Tell* di Rossini.

La domatrice ordina: «Aprite le gabbie... fate entrare le bestie! *(Ruggiti che provengono dal retro dello chapi-*

teau) Silenzio! Ma... che c'è là...? Che è quella gente? Stop! *(Blocca il registratore e cessano anche i ruggiti)* No, per favore... L'ho già detto e ridetto: quando provo non voglio nessuno in sala... nemmeno la gente del circo... figuriamoci poi dei giornalisti! Spiacente! Non sono scortese, è che non posso... non sto provando un numero di clown, lavoro con le belve io! Chi? Regista? Regista di che? Be', sempre estranei sono. Se vuole fare una ripresa venga quando c'è lo spettacolo. Eh, ma allora è inutile che parli, se ho detto che non voglio nessuno... Perché li avete fatti entrare? *(Chiamando)* Direttore! Dov'è il direttore... Ah, sei lì... Fuori! Manda fuori quei signori altrimenti non provo! Non mi sto impuntando, mi sto solo seccando, soprattutto di essere costretta a comportarmi da sgarbata e cafona! *(A un giornalista)* Non insista... *(Al direttore)* E non ti ci mettere anche tu, direttore... andiamo, ti ho appena detto che oggi sono agitata. Sto mettendo su un numero nuovo, pericoloso... con due pantere... spiegaglielo tu, direttore, cosa vuol dire far lavorare pantere con leoni e tigri insieme! Contratto? Come sarebbe a dire? Nel contratto c'è che devo concedere interviste? D'accordo, ma non fare assistere estranei alle mie prove! Ecco, bravo... adesso cominciamo a ragionare. No, mi ha dato fastidio la maniera. Me lo aveste chiesto, almeno prima di iniziare la prova... *(Seccata)* No, eh! Non tiriamo un'altra volta di mezzo mio marito. Alan non c'entra. Un po' di delicatezza, andiamo! Di quello che è successo non ne voglio sentire più parlare. Basta! Chiaro? Se i signori rimarranno qui sarà solo perché lo decido io. Va bene?

Scusino, non ce l'ho con loro. Si accomodino. Allora d'accordo: niente riprese e niente foto! Chi è la signorina? Un'assistente di che? Ah, sua... Però, complimenti, se l'è scelta bellina e giovane. Be', mettetevi lì... Ricominciamo da capo. *(Fa ripartire il nastro con l'ouverture)* Dio che fatica *(ad alta voce)* riconcentrarmi! Aprite le serrande delle gabbie! Fate entrare le bestie! Ehi, ferma... che c'è, che vi prende ancora? Oddio, mi interrompono un'altra volta. Perché vi spaventate? Per le gabbie spalancate? Ma no, non ci sono, le bestie. Mica entrano... ma dove vivete?! Ho qui tutto registrato. Per questo non volevo farvi entrare. Il numero con i leoni e le due tigri e le pantere io me lo imparo col registratore. Certo, i numeri con le bestie tutti i circhi se li prendono già preparati. C'è un allenatore tedesco o americano che allestisce i numeri... insegna alle bestie cosa devono fare tirandole su fin da piccole... giorno per giorno... e poi vende tigri e leoni già pronti a recitare il loro esercizio... A noi domatori tocca soltanto seguirle: le bestie fanno tutto loro. Hanno un gran senso del ritmo musicale. Se ci fate caso ruggiscono sempre in levare. *(Ruggito)* Sentito?... Ecco, qui prima il maschio fa un salto... certo, il maschio dei leoni... fa uno zompo fin lassù e poi... un due tre *(Ruggito)* augrrr! Ecco, qui c'è la scena dove la leonessa fa la ritrosa... si chiama Zenda. Bravissima! Fa finta di non voler salire sullo sgabellone, qui, dove c'è appollaiato il leone, perché è in lite col maschio... *(Ruggito)* Sentito che rogna? Oh, mi raccomando... questo del numero già preparato dall'allenatore tedesco non lo scrivete eh?! Se no, vi vengo a prendere e vi chiudo nella gabbia insieme alla pantera... V'avverto. Dov'eravamo rimasti? La femmina fa le bizze e io allora la tiro per la coda e, puoi giurarci, qui il pubblico trattiene il fiato... e poi: zam! La sculaccio. Schiocco di frusta, tutto a tempo di musica... e lei salta vicino al maschio. Il maschio si struscia, vuol far la pace, lei si rivolta con una zampata... ruggito, un due... e il maschio scappa con la coda fra le gambe spaventato... e la gente batte le mani. Sì, tutte le sere così... Il pubblico ci casca, crede che sia per caso... *(Ruggito)* augrrr... Sentito? Fingono di litigare. Certo, tutto recitato... non c'è niente per caso. Mio figlio, che studia, dice che è come da noi quando cade il governo e poi fanno il rimpasto. Scenate, insulti, tutto già preparato... fa parte del numero. Insomma, qui bisogna imparare tutto come un balletto: giravolte, scatti, un salto di qua, uno zompo di là... poi, quando sai la parte a menadito, allora puoi fare entrare le bestie vere e andargli dietro... che poi loro ti danno il voto. Come in che senso? Ti vengono vicino e ti si strusciano contro, ti leccano la mano e se t'abbassi ti sbattono una leccata dietro l'orecchio. Specie le femmine che, detto fra noi, sono delle ruffiane... No, no... ormai che siete qui, se vi interessa vedere, restateci. Io lavoro lo stesso. Anzi, se avete domande da fare, fatele pure... che per me è perfino meglio: devo imparare a fare tutto preciso anche se c'è qualcuno che mi distrae. Quando c'è il pubblico, cosa credete, ne succedono di tutti i colori: il bambino che piange, la donna che grida perché s'è spaventata... M'è successo perfino quando stavo per mettere la testa dentro la bocca del leone... Uno spettatore s'è messo a gridare: «Al ladro! Al ladro!». Gli avevano portato via una borsa con dentro delle azioni della Parmalat... pensa che ladro! Non vi dico che cosa ho passato! Che già, star dentro la bocca del leone è una roba da crepare sul colpo! No, mica per paura: per la puzza! Mai sentito il fiato di un leone? Bisogna provarlo! È tutta una raffineria di sterco. Guardi, il problema di lavorare con le bestie è proprio l'odore, per il resto, come rischio... sì, vabbè, è vero, ogni tanto succede che a una bestia gli gira di traverso e, zac!, ti molla una zampata con graffiata annessa... Come no?! Se fossimo un po' più in confidenza, le farei vedere la mia natica destra! È un imprevisto, come... non so, una trancia che scatta fuori tempo in fabbrica. Zam! Una mano che resta sotto la lama. E lì, in fabbrica, non fa neanche sensazione... mica vengono poi a riprenderti con la televisione: «Signora, mostri le ditine tagliate». Certo, quando vieni qua, entri nella gabbia... bisogna essere a posto coi nervi... Vede quest'altro graffio, venticinque punti, una litigata con mio marito. No, non è mio marito che mi ha graffiata... una tigre da centocinquanta chili che mi aveva sentita nervosa ed è partita anche lei... Io ero proprio fuori. Avevo scoperto che mio marito se la faceva con la trapezista... una certa Asturia – russa-ungherese... che subito te la vedi sulla troica, pelliccia bianca, capelli al vento, trainata da stupendi cani neri, e a te, che come massimo vai in bicicletta... Insomma, mi sono innervosita e per il tipo di persona da romanzo che si era scelto e per la sfacciataggine con cui si esibiva, il cretino. È l'aria del 'far finta di niente' che prende la gente in questi casi, del guardarti o del bisbigliarti alle spalle pensando 'povera donna' che ti fa andar fuori di testa! Hai voglia, a far l'emancipata! Ma porco cane, vuoi anche il rispetto! Io ho fatto presto... in quel tempo facevo un numero con gli alligatori. Be', le ho infilato un coccodrillo di mezzo quintale nel letto... sì, alla Asturia con la troica! Stavano andando sotto le lenzuola tutti e due, per far l'amore. Il volo che hanno fatto! Doppio salto mortale! Nudi, in coppia! Un numero d'applauso! Mio marito non vi dico come se l'è presa! Be', quella sera poi, dopo la litigata, sono entrata nella gabbia, ero nervosa e le bestie l'hanno sentito subito... Dall'odore. Ah, l'olfatto dei leoni e delle tigri è una roba! Loro col naso sentono tutto: ti annusano e capiscono se sei tranquilla... se hai paura... È dall'odore che sentono il tuo coraggio e la tua sicurezza. Quella volta è stato un disastro! Pensare che era un numero quello, difficile, ma che ormai facevo a occhi chiusi: la cancellata della morte, con le moto. Ero io con un mio partner, anche lui sulla sua motocicletta... si andava a gran velocità arrampicati su per le parapettate della gabbia, con le bestie che saltavano a cavalcioni sopra i sedili posteriori, al volo. Io avevo anche un sidecar, con dentro la leonessa con gli occhialoni da pilota. In mezzo c'era la tigre che dirigeva il traffico. Intanto l'altra leonessa doveva saltare addirittura sul manubrio della mia moto e, in un salto mortale alla rovescia, finire sulle spalle dell'altro motociclista lanciato a più di cento chilometri all'ora. Il pubblico impazziva. Invece, col fatto che bisogna saperle tutte, le cose... c'era di mezzo una tragedia anche fra di loro, fra le bestie... sì, il capobranco, che è già sul vecchiotto ma tiene ancora bene, tradiva. Si vede che stando in mezzo agli uomini ha imparato... insomma, 'sto bell'imbusto se la faceva, oltre che con la legittima, anche con una leoncina di due anni, un amore... e un po' puttana. Dovevate vedere la camminata che faceva entrando in gabbia per il numero... tutto uno sculetto.

La femmina, diciamo, legale, che noi chiamiamo la gran-madre, ci aveva dei giramenti... proprio da bestia! Ma per la buona pace della famiglia stava nel suo sidecar con i suoi occhialoni e abbozzava tristissima... e lui, 'sto bastardo, gliela faceva davanti agli occhi... sì... l'amore. No, non in moto e neanche nella stessa gabbia, li tenevo divisi... io parteggiavo per la gran-madre. Appena finito il numero, sapete, nel cunicolo che va dalla pista alle gabbie... Con una velocità! Povere leonesse! I leoni

sul fatto sessuale sono così... ci hanno, come si dice, la eiaculazione precoce. Tutti i maschi... due colpetti e via. Non vorrei proprio essere una leonessa! Be', insomma andava così... quando si ammala il fratello della gran-madre. Sì, il cognato del maschio bigamo. Il poveretto comincia a soffrire di vertigini, non può andare più in moto, bisogna sostituirlo nel numero... oltretutto gli era venuta una specie di eczema contagioso, roba venerea, chissà da chi l'aveva presa. Normalmente ce l'hanno solo i cammelli. Be', tiriamo dentro nel numero un altro leone giovane, sempre ammaestrato dallo stesso domatore tedesco. Arriva e, dopo due giorni, mi accorgo che la gran-madre ci ha messo gli occhi addosso... sì, al leonciotto... ma sicuro... era chiarissimo! Durante il numero gli faceva certe strusciate al volo... quando s'incrociavano per aria gli mandava delle vampate di odori... anche in moto! Sì, per noi sono puzze, ma per loro messaggi erotici. Certo, le bestie comunicano così... hanno delle ghiandole apposta. Un po' dappertutto. Flop: effluvio d'amore! E poi, certi birignao... oaoauau!... I leoni? Ma lei non ha idea! Soprattutto le femmine... peggio dei gatti! Fanno dei numeri... durante i numeri! Certo, lo faceva apposta... esagerava anche... per dare la ripicca al maschio legittimo.

Il legittimo, proprio mentre salta sul sedile della mia moto, molla una mozzicata al giovane che stava sul sidecar... il tutto girando a più di cento chilometri all'ora! Quello mica si fa metter sotto, anzi... Gli replica di brutto: zam!, con tutte e due le zampe, quelle di dietro, come la scalciata di un mulo, e lo butta giù dalla moto.

Io sbando da matti, vado giù di traverso sulla cancellata, mi scontro con l'altra moto... Un torbolone! Leoni, leonesse, partner... un'ammucchiata! E io, zac!, un salto... per miracolo mi sono ritrovata in piedi incolume.

Ecco, è lì, in questi momenti, che salta fuori la bravura e il sangue freddo del domatore o della domatrice. Devi fargli sentire il tuo odore del potere! Sì, è sempre l'odore che si comunica di più. Ma l'odore devi farglielo sentire netto. Invece, quella volta ero ammosciata, avvilita... sparavo l'odore di una pecora bastonata. Così le bestie, senza controllo, si sono scatenate! La leonessa madre è saltata addosso alla puttanella, ci si è messo di mezzo il maschio adulto, leonciotto dentro, anche lui sembrava una jena... perfino la tigre che non c'entrava... Son lì in mezzo come svampita, e oltretutto mi becco una zampata: venticinque punti dalla tigre, che doveva solo controllare il traffico... Le bestie sono impazzite: adesso ci sbranano, a me e al mio partner in moto.

Per fortuna dietro la grata c'è mio marito che urla: 'Rauss in der chiegher smork!' Come cos'è? È l'ordine massimo in tedesco felino... vuol dire basta fermi tutti a cuccia! Sì, Alan, mio marito, è lui che ha allenato le bestie e ha inventato tutto il numero. Se non ascoltano lui... No, non è tedesco... ma ha imparato a far scuola alle bestie in Germania e anche in Africa. Sì, in Africa! Leoni e leopardi è sempre meglio catturarseli di persona sul posto fin da piccoli e poi, pian piano, ammaestrarli... Lui faceva da guida ai cacciatori che venivano dall'Europa e dall'America... è peggio di un bantù, sa tutto delle bestie! No, non è che gli parli subito in tedesco.

Fra lui e il leone si crea un'intesa... fatta di gesti, smorfie, mosse col corpo, rapidi suoni simili a mugolii e raspate gutturali, e naturalmente odori. Ma cosa dice... mio marito fa gli odori? Sono, diciamo, emissioni che capiscono solo fra loro! Se vedesse quando conversano... Uno dice: ma quelli son matti! E invece riescono a dirsi tutto! Velocissimi... hanno la sintesi!!! Fame, sonno, rabbia, allegria, vai a farti fottere. A loro basta un piccolo segno che noi neanche vediamo! Certe volte li scoprivo a discorrere per delle ore, soprattutto dopo che erano andati in crisi. Sì, tutti e due... quasi nello stesso momento! Mal d'Africa! A tutti e due è scoppiato il mal della giungla e della savana. No, non è solo nostalgia della vita selvatica... è il fatto che vivere qui non lo sopportavano più. Mio marito poi me l'ha detto chiaro e tondo: Guarda io ti amo, ti amo più di prima. So benissimo di essere diventato intrattabile, rognoso e irascibile, e anche un po' figlio di puttana. Ma è solo a causa della mia crisi... ho bisogno di ritornare laggiù. Soprattutto devo farlo per lui, Ambadàm. Sì, è il nome del maschio capobranco. Lui me l'ha detto a tormentone: Sei tu che mi hai catturato, strappato ai miei, e mi hai portato qui a fare il pagliaccio... Sì, mi hai messo in una mortificazione da far vomitare: sali sul trespolo, fai lo zompo, ruggisci feroce, rotolati, non orinare in scena, non annusare le femmine fra le chiappe durante i numeri, altro ruggito e cuccia lì. Vorrei vedere, gli rampognava il leone sferrandogli anche qualche zampata, se io avessi fatto lo stesso con te... fossi capitato qui, in mezzo a voi, uomini stronzi e anche un po' di merda, buttato addosso una rete, caricato su un camion e via a fare il clown in un circo. Rivoglio la mia vita adesso. Se hai un minimo di cuore mi devi riportare a casa, in mezzo ai miei... Ma chissà dove sono i tuoi, gli fa mio marito, e se ci sono ancora... E il leone: Be', mi farai ritrovare un altro branco. Come se fosse facile! Cosa credi, di arrivare lì e dire: eccomi qua, da 'sto momento sono il vostro leone padre e padrone?! Voi maschi puzzoni fatevi in là che le femmine sono tutte mie! Quelli ti saltano addosso e in un solo assalto sei un masso di carne tritata pronta per le iene...

Fatto sta che, come siamo arrivati a Savona col circo, Alan mi ha abbracciato, è andato al porto ed è montato su un cargo, lui e il suo leone. Mi ha scritto però... Nella prima lettera mi diceva che, arrivato lungo il mar Rosso, era sceso con la sua bestia e aveva raggiunto una zona deserta. Il fiume si era asseccato, sparito. Spariti anche le canne e gli alberi. Quella era la piana dove aveva catturato Ambadàm ancora cucciolo. Come prevedeva però i suoi non c'erano più, ma salendo verso i monti che portano al lago di Tabajé avevano avvistato un branco, composto da una diecina di leoni, più i piccoli, sette femmine e tre maschi. Tutti e tre dominanti. Ogni volta che erano vicini al periodo in cui le femmine vanno in calore Alan e la sua bestia li spiavano dall'alto di una catena di rocce. In quelle occasioni fra i maschi scoppiavano liti da massacro... Nella lettera Alan racconta per filo e per segno la fatica che gli è costato far da balia a 'sto leone. Di fatto era rimasto come un cucciolo incosciente, tutto istinto e niente cervello. Ogni tanto scattava deciso a buttarsi dentro quelle risse di maschi in-

foiati per le femmine, tant'è che Alan era costretto a tenerlo legato per il collo con una corda a strozzo. Ma una volta, proprio durante una caccia del branco in cerca di antilopi da scannare, sul più bello dell'inseguimento Ambadàm riesce a scappargli di mano. Stava per raggiungere una femmina, proprio la capobranco... arriva di traverso un montone d'antilope e lo carica a testa bassa. Lui come imbesuito resta lì a guardare. Sembrava dicesse: be', che vuole questo? Alan ha dovuto puntare la sua carabina da caccia grossa e sparare all'antilope, abbatterla prima che lo infilzasse. In un'altra lettera mi racconta come si sia trovato costretto a fargli da guardiano in ogni situazione, per evitare che si facesse sbranare dalle iene attaccanti in branco, da un elefante che lo stava per abbattere a colpi di zampa e proboscide e perfino salvarlo dalle fauci di un coccodrillo: 'sto incosciente andava a sguazzarsi tranquillo in una palude piena di alligatori...

Ho dovuto proseguire con rigore, mi racconta Alan, spiegare lezione dopo lezione a quel povero innocente le regole della giungla e fargli imparare da capo ogni comportamento, soprattutto metodo e scaltrezza. Per esempio, imparare a indovinare, annusando il vento, dove sono i pericoli e al contrario gli animali da cacciare, come si affronta un serpente o un branco di avvoltoi. Ma il problema più serio da risolvere era quello del sesso. Vi leggo esattamente cosa scrive: Non posso certo sostituirmi al maschio dominante del branco e accoppiarmi in sua vece con qualche femmina per insegnare a quell'imbranato di Ambadàm il comportamento erotico della monta! L'unica è fargli apprendere il corteggiamento e la copula dal vivo spiando gli accoppiamenti dalla nostra postazione sulle rocce. Ma le immagini che si riescono a godere di lassù risultano di dimensione troppo ristretta, perciò devo insegnare al mio allievo leone a guardare attraverso il binocolo. Sì, proprio come uno spione, anzi, un guardone vizioso! Smonto il mio apparecchio e lo ricostruisco adattandolo alle misure del faccione leonino. Non ci crederai, ma sono riuscito a trasformare quel binocolo proprio sulla misura degli occhi del leone. Risolto il problema del guardone, la lezione più importante da mettere in atto è quella che riguarda l'eliminazione della concorrenza. In poche parole, far fuori i tre maschi del branco. In un primo tempo ho pensato di farlo io stesso, di persona, abbattendo a colpi di carabina uno alla volta i tre animali. Però mi ripugna: è un espediente indegno. Ambadàm rimarrebbe un imbesuito mascherato da leone, una specie di pupazzo da fiera! Dovrà farseli fuori lui i suoi concorrenti, sbranarseli col rischio di lasciarci pelle e trippe. Naturalmente la regia me la accollo io, e guai se non sta agli ordini, 'sto mammalucco! Discutiamo fra di noi, quale campo d'azione ci conviene scegliere, e alla fine ci troviamo d'accordo di tentare di inserirci in una battuta di caccia del branco. Tutti sanno che quando si va ad aggredire delle antilopi, zebre o gnu, il compito più difficile e rischioso tocca alle femmine. Sono loro che devono rompere l'assetto protettivo del branco, disorientare e isolare i capi meno veloci... I maschi entrano in azione solo all'ultimo, quando le vittime designate sono allo sbando. È risaputo che i maschi proprio per la loro mole posseggono meno velocità delle femmine e si stancano presto, certe volte abbattendosi prima di aver raggiunto la preda con un fiatone da scoppiare. È proprio a 'sto punto che dovrà entrare in scena il nostro campione. Parte la caccia, noi due stiamo acquattati fra le stoppie... prima di nasconderci ci siamo preoccupati di cancellare i nostri odori, perciò abbiamo raccolto manate di sterco di vari animali, iene, scimmie, zebre e di qualche volatile puzzolente, lo abbiamo steso ben bene a terra e ci siamo rotolati più volte come in una festa d'ubriachi. Quindi, ben smerdati, eravamo invisibili e inodorabili. Partono le femmine a puntare il branco di zebre che scattano in fuga a velocità forsennata. I maschi stanno laggiù davanti a noi accucciati nelle canne in riva al fiume. Al passaggio della mandria scatenata si mettono all'inseguimento anche i tre maschi. Lo scatto iniziale è impressionante, ma subito uno di loro viene travolto dal sopraggiungere di grossi equini e scaraventato dentro le canne giù fino nel fiume. Il leone più potente riesce ad abbrancare la culatta di una zebra giovane, che con un'imprevedibile capovolta va rotolando a terra e liberandosi dell'aggressore, che a sua volta viene travolto dai sopraggiungenti equini e vivacemente calpestato. È proprio una giornata nera per i felini! Chi tiene botta però è il terzo leone... Ha raggiunto una femmina che va zizzagando e tirando calci per difendersi dalle grinfie della belva. A questo punto do l'ordine decisivo: qui o la va o la spacca! Vai, buttati che quello è sull'orlo di scoppiare. Ambadàm si getta come un fulmine, io gli grido piano: «Rallenta! Non devi arrivargli addosso spompato a tua volta». Lui ubbidisce, caracolla come fosse in pista, calmo ed elegante. «Non esagerare imbecille, gli grido, non sei allo spettacolo!» Eccolo, Ambadàm ha raggiunto il maschio sfiatato, si impenna e gli scarica addosso zampate di grande effetto, ma solo effetto scenico, da spettacolo... tant'è che il leone selvatico da aggredito diventa aggressore e lo attacca puntando alla gola. Finalmente Ambadàm capisce che non c'è da scherzare e a sua volta spalanca le fauci e gli azzanna il collo, strattonando con violenza proprio bestiale. Due altri scossoni e il concorrente è spacciato. Mollalo!, gli grido io, vai a occuparti degli altri due, al canneto! Ambadàm ubbidisce, raggiunge il canneto, scorge dentro il fiume il primo leone dentro che sbatte le zampe per raggiungere la riva. Ambadàm sta per gettarsi a sua volta nell'acqua. Ferma lì, gli grido, bada ai coccodrilli! Non faccio in tempo a dargli l'avvisata che una bocca mostruosa di alligatore si spalanca e afferra per una zampa il leone, quindi se lo tira sott'acqua. I due spariscono nel fondo. Ambadàm è rimasto sconvolto da quella scena. Devo urlare come un forsennato per fargli riprendere quota: Il terzo!!! C'è ancora il terzo che sta fra le canne!!! Ecco, Ambadàm con uno zompo sparisce dentro il canneto. Vedo sbattersi i giunchi come scossi da una tempesta. Ruggiti, grida da bestia, spruzzi di sangue!!! Alla fine insanguinato esce dal canneto Ambadàm: ha vinto! Il sanguinaccio ha vinto!

Gli vado incontro, lo abbraccio e lo porto con me in una bolla d'acqua calda dalla quale escono palate di

vapore. Lo immergo coi rami, lo strofino e lo ripulisco. Sdraiato sul fango, lo medico. Qua e là gli devo pure cucire degli sbreghi. Dopo qualche giorno è più che presentabile e a 'sto punto gli do il via finale: Vai dalle ragazze! Adesso sai cosa fare... almeno spero! La scena del suo ingresso nel branco delle femmine è un'apoteosi. Le leonesse, le molto giovani e le mature, gli vanno incontro e gli fan festa. Lui guarda verso di me, lassù fra le rocce e io gli grido: Buttati!!!

Ecco, amici miei, qui finisce la storia. Questa è l'ultima lettera che ho ricevuto da Alan. Ma c'è anche un'appendice. Non so se svelarvela... Mio marito è tornato... Proprio stanotte. Dice che una volta sistemato il suo cucciolo di sei anni e più gli è venuta nostalgia. Non del circo... di me! Quella epopea d'amore fra le bestie, con Ambadàm finalmente felice a casa, gli ha fatto scoppiare una nostalgia da non reggere più. Dice che io sono la sua donna. Anzi, ha detto... la mia bestia! E anche per me lui è il mio animale! »

QU, IL COMUNISTA UTOPICO
Da un racconto popolare cinese

Lu Xun fu il maggior poeta, filologo e studioso della storia dei cinesi. Fu lui a svelarci, al tempo di Mao Tse Tung, che la grande Muraglia non venne costruita per arginare la calata dei Mongoli e di altri popoli invasori, ma per controllare dall'interno ogni ribellione o rivolta messa in atto dalle varie popolazioni sottomesse all'imperatore. Se osserviamo una carta geografica dell'Oriente, dal regno Shang fino al Ming e oltre, ci rendiamo conto che il disegno della Muraglia, di grandi fiumi, laghi e montagne, iscrive il territorio in una enorme grata, così che ogni diversa popolazione si ritrovi ingabbiata dentro un riquadro fuori del quale è difficile muoversi.

In poche parole, le varie dinastie di imperatori non si preoccupavano tanto di difendersi dall'esterno, ma era l'interno, i loro sudditi, che le preoccupavano.

Lu Xun ci svela anche che la Cina non era un regno privo di grandi sconvolgimenti e che al contrario, di continuo, secolo dopo secolo, esplodevano vere e proprie sommosse che coinvolgevano milioni di sudditi. La più famosa, in tempi recenti, fu quella detta dei «Figli del cielo», un movimento di contadini che si rifaceva al pensiero di Cristo, ponendo in primo piano non tanto la spiritualità quanto la promessa di un mondo a vantaggio degli umili e degli sfruttati, a cominciare dalla libertà fino alla distribuzione dei beni e delle terre. È in questo clima che si inserisce il racconto di Lu Xun sulla storia di Qu, che il poeta aveva tratto da favole antiche e reso attuale. A mia volta, tenendo fede alla tradizione degli scrittori di teatro, ho approfittato delle varie versioni di quella storia e ne ho stesa una simile, anche se qua e là spudoratamente rubata.

Chi era Qu, detto il Randazzo o Randagio? Era un mariuolo frottolone un po' folle che viveva alla giornata, che si arrangiava... s'arrangiava con trappole e trovate. Una volta si faceva passare per medico stregone, un'altra per uno che vendeva radici per fare innamorare e, spesso, si travestiva da monaco cercone e andava intorno per le corti delle masserie e dei casali a chiedere l'elemosina, facendo credere che fosse per il monastero.

Qu

Ma un giorno che si presenta con indosso una palandrana di colore arancione, la testa rasata come una boccia, agitando il turibolo, che sembrava proprio il figlio di Budda e di Visnù, nel momento in cui i proprietari del casale gli stavano consegnando una carrettata di ogni ben di dio... orco!, non ti arriva nella corte una processione di monaci veri, tutti con le teste pelate che subito gli domandano: « Ma chi sei? Da dove vieni? Per conto di quale convento fai questa raccolta? » « Mah » fa il Randazzo tanto per prendere tempo, « io sono di una congrega dei figli di Budda! »

« Che figlio di Budda? Tu sei un figlio di puttana e di un cane! » E giù botte da santi martiri... una tempesta di turiboli... che per anni al Randazzo gli si vedevano bernoccoli e cicatrici sul cranio e sul groppone.

Bene, capita un giorno dell'ultima settimana di settembre, che i cinesi chiamano anche il giorno del bove e del maiale... insomma, in questa giornata del 1926, che cade giusto di carnevale, il Randazzo capita a Xiang-Pong, un paesone nella valle del Fiu-Tang sotto la catena dell'Himalaia dove, per antica tradizione, in questo giorno del bove e del maiale, i monaci tibetani sconfinano tutti in massa a fondovalle per giocare allo spettacolo degli aquiloni. In questa festa i monaci, tutti mascherati da scimmie ed altri animali e con addobbi da antiche divinità, accompagnano in processione gli « sfarfallanti »: una banda di monaci folli che s'imbragano a giganteschi aquiloni, vere macchine volanti, e poi si lanciano dall'alto di spaventose rupi e vanno volando per l'aria dentro alle correnti fino a bucare le nuvole per poi buttarsi giù a picco come poiane, solcando l'immensa gola che sfocia nella pianura... sempre rischiando di rompersi il collo.

I valligiani andavano pazzi per questo spettacolo al

massacro, piaceva loro da morire... specie quando l'aquilone piombava dritto sul mucchio di gente nella piazza del borgo maggiore... e poi, all'ultimo momento... una virata tremenda, e l'aquilone rimontava su come un falco... Non sempre però gli riusciva questa virata. Anzi, succedeva spesso che: «Ecco che viene... Adesso rimonta! Attenti, ritorna su, adesso vira... vira!...» Patasgnach! «Non ha virato!»

Bene, in quel giorno di carnevale del bove e del maiale trabocca gente da tutta la regione, già la mattina all'alba s'accalca nel grande slargo sotto la collina... e tra loro c'è anche il Randazzo che è arrivato non solo per godersi il brivido dei monaci svolazzanti, no.... è lì soprattutto con la speranza di rimediarsi una bella bevuta con mangiata gratis e qualche intorcinata di femmina in un prato.

Ecco che arrivano! Fin da lontano si vedono spuntare gli enormi aquiloni portati a spalla da dieci uomini per ognuno. Poi, pagliacci sui trampoli e altri che suonano corni e cembali. Alla fine arrivano i monaci addobbati con tanti colori e sulla faccia maschere da scimmie, di quelle col culo pelato. Il signor Governatore, contornato dall'intiera sua corte di notabili, sta sul podio ad aspettarli tutto eccitato.

Il Governatore dà l'ordine di liberare le oche dalle loro gabbie e di farle volare. È un'antica tradizione far volare le oche in quel giorno che, a seconda della direzione in cui andranno girando, di qua o di là, poi si avrà l'auspicio dell'andamento di tutto l'anno e di tutta la stagione... se va male o benone.

« Via le oche! »

Boia! Di colpo i monaci alzano le sottane e tirano fuori da sotto dei fucili e sparano alle oche che piombano a terra, accoppate.

« Ehi, dico, ma siete matti, ammazzare le oche sacre? » urla il Governatore.

« No, è una nuova tradizione! » gli rispondono i monaci, poi prendono le oche e le lanciano ai contadini.

« Tenete! Mangiatele alla nostra salute, che è l'auspicio più buono! »

Il capo dei monaci, uno con in faccia una maschera del re degli scimmiotti, grida: « Cominciamo la festa degli svolazzatori ».

« Sì, sì » grida il Governatore, « cominciamo questo gioco a rompicollo con gli aquiloni, che questo volare mi fa venire i brividi, mi scatena l'orgasmo! »

« Sì, sì, l'orgasmo! Facciamo venire l'orgasmo al Governatore! »

Detto fatto, il capo degli scimmiotti fa un segno e tutte le scimmie dal culo pelato si lanciano addosso al Governatore, lo alzano di forza in alto sulle teste come in trionfo.

« Grazie, grazie... non è il caso... non esagerate! Per favore, fatemi scendere che soffro di vertigini, che mi viene da vomitare! Posatemi a terra... giù! »

« Macché giù... Su invece!... Facciamolo andare in cielo questo signore! »

Ecco, adesso lo vanno trasportando di corsa su per l'ascesa, scavata nella roccia, che porta in cima al gran torrione dove c'è già pronto il carro da lancio in bilico sul picco, e sopra il carro è sistemato il primo aquilone gigante.

«Fermi! Ma che state combinando?» guaisce il signore tutto tremante. «Ehi, dico, non avrete per caso intenzione di imbragarmi all'aquilone?!»

«No, non per caso, ma come da programma!» gli rispondono.

«Ma siete diventati matti? Mettetemi giù! È un ordine!»

«Bene, contrordine! Il Governatore vola!»

«No! Aiuto!»

Il signore scalcia come un mulo, si divincola come una lucertola. Giù, in fondo al declivio del colle, i notabili gridano come oche strozzate: «Non permettetevi! Guai a voi!»

I contadini con gli occhi allocchiti guardano la scena, e non credono a quello che sta succedendo. Il Randazzo tutto eccitato salta come un matto. I monaci scimmie legano per le braccia il Governatore alle aste dell'aquilone, imbragandolo ben benone. Lui, il signore che già se la fa sotto, strattona, sgambetta, bestemmia: «Bastardi! Vi farò impiccare!» Ma non c'è niente da fare. Il carro spintonato parte, discende, prende l'abbrivio...

«Boia che rapido! Un fulmine che saetta!» si sente gridare.

Dalla cima, le scimmie vanno srotolando svelte una gran corda sottile ma lunga, appesa all'aquilone.

«Guarda, guarda! Il carro, a ballonzoni tremendi viene giù... Ohi, che precipita... è una valanga! Oddio! Adesso si schianta!»

Tutte le donne gridano e chiudono gli occhi, qualcuna fa pure pipì.

« Il signore si schianta sul carro! »

« Noo! »

Con un possente strattone i monaci tirano la corda, l'aquilone scivola fuori del carro e... Vuohomm!, intanto che il carro si schianta in mille pezzi, l'aquilone rimonta veloce come un aeroplano verso il cielo.

« Meraviglia! »

Tutti applaudono. Una virata da falcone bellissima!

« Bravo! Vola! Il Governatore sta volando in cielo! È un angelo pipistrello! »

Sale, discende, svirgola... si punta di nuovo in picchiata, viene giù... stavolta è fregato, si spiaccica!... Zaaam! Una cabrata a capriola... « Ahaaaa! » Il Governatore volante urla per lo spavento! Ai contadini con le bocche spalancate arriva una spruzzata in faccia.

« Cos'è? Piove adesso? »

« No, è il signore che se la fa addosso! »

All'improvviso, il capo delle guardie urla: « Tradimento! »

Prende un megafono a imbuto e grida: « Questi non son monaci... di sicuro sono una banda di impostori travestiti che hanno rubato i costumi e gli addobbi ai monaci veri e a loro si sono sostituiti! Guardate, non hanno sandali, ma stivali sotto le sottane! Questi, ci posso scommettere, sono quei bastardi redivivi dei Figli del cielo! »

« Come dire, comunisti?! » sbotta un ufficiale.

« Bravo il capo delle guardie! Hai indovinato! » gli

rispondono le scimmie e gli battono le mani. «Siamo comunisti... scimmie rosse con il culo pelato! E siamo qui giunti per darvi gioia e spasso! Opplà!»

E tutti insieme a fare salti e capriole. Poi, sempre danzando sguaiati come pagliacci, 'sti matti vanno a prendere cinque notabili e il monaco... quello vero, capo del tempio. Li caricano tutti in trionfo sulle spalle e ritornano, sempre di corsa, su per la rupe dove sono già pronti altri carri, ognuno con il suo aquilone.

«È proprio un carnevale trionfante!» grida il capo delle scimmie rosse. «In questo giorno benedetto ogni eletto monterà in cielo!»

Di lì a poco, i notabili salgono per l'aria svelti come saette, scaracollando in grandi volteggi.

«Ah, ah, che giostra matta! È il finimondo!»

E loro, gli svolazzatori, che gridano come poiane dallo spavento, implorando pietà. Sotto, i contadini sono ormai presi da una ridarola col singhiozzo.

«Guardate! Guardate, bene!» grida a tutta voce allargando le braccia il capo delle scimmie. «Fate attenzione a questi signori, vostri padroni, che spettacolo irripetibile vi stanno offrendo! E senza pagare il biglietto... Guardate bene! Dov'è finita tutta la boria spocchiosa che avevano un attimo fa? Questo ergersi impettito da divinità fra le nuvole? Ascoltate come frignano adesso, disperati piagnoni. Guardate bene, voialtri che avete sempre provato terrore e spavento a ogni loro respiro... o rutto! Osservate e imparate a sbroffargli risate in faccia e a sbattere nel cesso ogni soggezione!»

«Fai presto a parlare, tu!» gli rimonta di voce un contadino tutto ingrigito. «Arrivi qui, caro il mio capoccia rosso, e lanci la maramalda che dovremmo avere più coraggio e dignità! Ah, lo conosco bene questo ritornello, l'ho ascoltato da altri briganti rivoltosi comunisti come voi, un poco prima che a Canton ne ammazzassero ventimila nella piazza. Ma quelli pagavano di persona, non andavano intorno con una maschera sulla faccia per non farsi riconoscere e poi sparire al momento buono.»

«Ah è così?» dice il capo delle scimmie. «Tu pensi che il sottoscritto e i rivoltosi qui presenti siamo una banda di vigliacchi... gente che se la spassa andando intorno per le campagne a strofinare il fuoco al culo dei contadini, scatenarli alla rivolta e poi tagliar la corda sul più bello? E allora, tanto per cominciare, ecco qui: giù la maschera!» E se la cava di dosso lanciandola in mezzo alla gente, quasi in pieno sul muso del Randazzo... che la prende al volo e se la calca sulla faccia, tutto contento.

«E a proposito di chi siamo, ora, se mi permettete, vi voglio offrire una spiegazione tangibile e chiara, meglio... un'allegoria. Ma ho bisogno di un uovo. Qualcuno può darmi un uovo?»

Una donna solleva un cestello ricolmo e gliene offre uno.

«Grazie. Ora osservate bene questo uovo... adesso lo vado a stringere nella mia mano... fateci caso... dalle dita cola il bianco dell'uovo... apro la mano... dentro è rimasto il rosso, quasi intatto! Ricordate bene: noi siamo il rosso dell'uovo, e quando verrà il momento della torchiata state sicuri che saremo ancora qui, integri e sempre rossi! »

Questo è l'antefatto della storia di Qu.

Ma facciamo un salto in avanti, dentro il tempo. Ci ritroviamo dieci giorni dopo e andiamo a scoprire cos'è successo.

Il fratello del Governatore, che è uno dei signori della guerra, di quelli che contano di più in tutta la Cina intera, arriva svelto con il reggimento. Le bande dei rossi li aspettano sul fiume, vicino al paese. Fanno saltare il ponte, gli preparano un'imboscata e un trabocchetto e li tengono inchiodati per una settimana buona. In soccorso al signore della guerra arriva un altro reggimento bello fresco... e allora è il tempo di tagliare la corda. All'improvviso i rossi spariscono. Così il reggimento liberatore arriva al paese di Xiang-Pong e lo trova quasi svuotato. Il Generale scopre suo fratello, il Governatore, stravaccato sul letto, disarticolato in ogni giuntura come una marionetta rotta, che ripete in continuazione: « Scimmie rosse bastarde... accopparle, ammazzarle tutte, dovete... ammazzali, fratello, che m'hanno sputtanato davanti ai contadini peggio di un maiale! »

Il Generale è subito d'accordo... bisogna dargli una lezione tremenda a questi criminali!

Bene, tanto per cominciare il Generale dà l'ordine di vendicarsi con quello che c'è a disposizione. Così le guardie prendono una mezza dozzina di contadini, di quelli che in occasione della sarabanda hanno sghignazzato di più, li attaccano a dei pali e li picchiano a bastonate da accopparli. Quindi i capi organizzano un grande rastrellamento, una vera caccia grossa, per catturare qualche comunista. Va intorno il banditore a gridare: « Contadini, fate il vostro dovere, collaborate con la giustizia! Denunciate i banditi rossi nascosti! »

Ma niente, di rossi non se ne trova neanche uno. Finalmente, a due giorni di marcia da Xiang-Pong, una squadra di soldati scopre un uomo sdraiato, sbragato sotto a un albero, che si gode la sua pennichella con sul muso la maschera del re degli scimmiotti. È proprio lui, il nostro Qu-Randazzo! I soldati lo svegliano a calci. Qu si drizza tutto imbambolato: « Boia! Razza di stronzi coglioni... come vi permettete di svegliare uno che se la dorme beato? »

I soldati manco si degnano di rispondere, si voltano a domandare a un contadino spione che si sono portati appresso: « Guardalo un po' tu, lo riconosci questo? »

« Di sicuro » fa il giuda, « la maschera che ha sul muso è quella che teneva addosso il capo dei rossi. »

« Ah bene! » esclama il capitano. « Allora abbiamo acchiappato proprio quello buono! »

E tutti i soldati gli saltano addosso senza lasciarlo manco fiatare, lo incatenano e lo spintonano per farlo camminare.

« Guardate che state prendendo un granchio terribile! » frigna il Randazzo. « È per caso che ho questa maschera... non sono quello che cercate... io non sono un rosso! »

Ma non lo ascoltano: «Muoviti, cammina!»

«Ah, ah, bravi!» li applaude il Generale quando arrivano al paese col Randazzo incatenato. «Meno male che almeno uno l'abbiamo preso! Avanti, diamoci da fare, scattare! Bisogna organizzare subito un processo in pompa magna! Voglio qui il giudice del distretto, il procuratore capo in persona, l'accusatore, il cancelliere... insomma, tutto il baraccone al gran completo!»

E in quattro e quattrotto tutta la messa in scena è pronta. Il processo si farà in piazza. I carpentieri hanno già montato un'arena grande coi gradoni; nel mezzo ci sono i banconi della giustizia e anche la gabbia con dentro l'accusato.

«Silenzio, seduti! Entra la corte. In piedi!»

La piazza è gremita di gente.

«Per piacere, domando la parola» fa il Randazzo con la faccia incastrata tra le sbarre.

«Silenzio!»

«No, voglio parlare!»

«Bene, racconta. Sentiamo cosa hai da dire.»

«Ecco, signor giudice: io mi chiamo Qu, Randazzo di soprannome... che sarebbe come dire randagio, proprio per via che io sono uno che va in giro libero... solo... senza padroni né compari. Fuori da ogni banda... Figurarsi se potrei starmene dentro un partito... Mi fa schifo solo a pensarci, un partito! Io non sopporto la politica... che mi sono sempre fatto i fatti miei e degli altri me ne strafotto... che vadano tutti a dar via il culo!»

«Basta!» grida il giudice indignato. «Non posso tollerare un linguaggio così indecente e sboccato! Ordine! Silenzio... che adesso parla l'accusatore! »

Tutti ascoltano in silenzio. Il pubblico ministero tira fuori un mucchio di espressioni mai sentite: « Rivolta organizzata, sobillante sovversione, proletariato egemonico, democraticismo velleitario... »

Il Randazzo lo ascolta con la bocca aperta per la meraviglia... queste parole gli piacciono da morire! Soprattutto: « Prassi rivoluzionaria, egualitarismo parossistico, comunismo utopico! »

Ah, ecco... comunismo utopico è l'espressione che gli piace di più! Domanda intorno: « Cosa vuol dire? »

Uno gli dà velocemente una spiegazione.

« Silenzio! » L'accusatore ha terminato. « Silenzio! La corte si ritira per deliberare! »

Di là, in un grande stanzone si ritrovano il giudice, la corte con il Generale e il Governatore malandato.

« Bene, è chiaro » dice il giudice « che questo Randazzo coi sovversivi rossi non ha proprio niente da spartire. È soltanto un vagabondo un po' coglione e sprovveduto. »

« Sì, d'accordo, sono più che convinto anch'io... » dice il Generale. « Quello assomiglia a un comunista giusto come una rana assomiglia a un coccodrillo. Ma che intenzioni avete? Di mandarlo libero e domandargli scusa e anche perdono? »

« Ma siamo matti? » lo blocca il giudice all'istante. « È certo che non si può. È la sola carta che c'è restata. »

« Appunto dico » aggiunge il Governatore. « Dopo tutto lo strombazzare che abbiamo fatto su 'sto proces-

so... buttarlo all'aria sarebbe come suicidarsi. Ci arrivano addosso pernacchi fino da Pechino! »

« No, non si può » dicono in coro tutti i notabili. « Non ci resta che sacrificarlo! Ci vuole una testa mozzata per ingoiare le risate che si sono fatti i contadini su di noi... schiacciargliele giù nel gozzo! Dunque, per tutti sarà un rosso e non ci sono discussioni! »

« Silenzio! In piedi! Entra la corte!... Visto il comma 35-36 suffragato dalla legge del 12 in concomitanza a quella del 18 e in conseguenza all'articolo 24-32, dopo avere applicato tutte le attenuanti del 94-15-72, il qui presente capo comunista Randazzo-Randagio è condannato a morte, cioè alla pena capitale per taglio del collo. La sentenza sarà eseguita fra dieci giorni da questo momento nella capitale del distretto Frion-Giamp. La seduta è tolta! »

« Condannato? A morte? Mi tagliano la testa?! » Al Randazzo prima gli prende quasi un coccolone che lo sbianca tutto, poi gli parte uno sghignazzo sgangherato per la reazione. « Ah! M'hanno condannato! Ah! Ah... A morte! Per una maschera che avevo in faccia! Via la faccia per quattro risate che mi son fatto! »

Le guardie lo sollevano di peso mentre ride proprio come un matto, lo caricano su un camion che lo trasporta a Can-Biang, capitale del distretto. Quando arriva al cortile del carcere, Randazzo scende dal camion e si trova davanti un picchetto armato che gli fa corona, quasi gli presenta le armi.

« Oh, che trattamento! Quale onore! Per chi m'hanno preso?! »

Per via di questa parata è obbligato a camminare col petto in fuori. Quando arriva nel corridoio delle gabbie, i prigionieri lo applaudono e gridano: « Benvenuto! Bravo! Guarda com'è bello! »

Tutti i delinquenti, ladri e tagliaborse, conoscono la sua storia. Ogni carcerato se lo vuole toccare, stringergli la mano. Ognuno gli vuole far dono di qualcosa: chi gli regala un po' di riso, un'albicocca, una pesca, una pipa, una sigaretta, una pallina d'oppio da masticare. Gli fanno tante domande: « È vero questo? Hai fatto davvero quello che mettono in giro su te e la banda degli aquiloni? Dai, racconta, racconta... Silenzio! Fatelo parlare! Evviva il capo degli scimmioni! »

A sentirsi così onorato e tenuto in considerazione, per la commozione al Randazzo gli prende un gran magone, non riesce a parlare. Dico, ma come fa uno come lui, abituato a prendere scarpate e a sentirsi gridare solamente: « Va' a lavorare, zozzone, straccione, vagabondo! ». Nessuno che lo ascoltasse, e adesso guarda qui... lo trattano come un grand'uomo, un capopopolo eroico... e tutto per un'avventura di cui lui è stato solo spettatore... tutto perché lo credono un brigante comunista.

« Ma cosa sarà mai essere un brigante comunista? Guarda, è così importante questo giorno che quasi sono contento che m'abbiano condannato a essere accoppato! »

E quelli continuano: « È vero, Randazzo, che avete appeso i padroni sugli aquiloni che volavano con il culo per aria? » E un altro: « E voialtri gli mollavate gran pedate come arrivavano giù per fargli prendere di nuovo il volo?» E ancora: «È vero del monaco grasso pacioccone che non voleva volare e si è buttato giù dal carro ma è rimasto appeso per i coglioni?»

Oramai era una leggenda. Ciascuno aggiungeva qualcosa intanto che gli domandava: «È vero che quando t'hanno condannato a morte sei scoppiato a ridergli in faccia e hai detto al giudice: 'Sì, sono comunista e anche se mi ammazzate verranno degli altri comunisti, che ce ne sono tanti... vi attaccheranno tutti sugli aquiloni... vi attaccheranno tutti per i coglioni... che la Cina è piena di aquiloni?»

Scoppia un applauso tremendo, e il Randazzo sta zitto. Lui, così bravo con le chiacchiere, non riesce manco a balbettare un verso, una parola. Tanto che uno fa il commento: «Vedi che gente questi comunisti... proprio uomini di poche parole, anzi nessuna!»

Tutti fanno domande e in mezzo alla grande confusione uno grida: «Silenzio per piacere, una domanda alla volta, comincio io... Vorrei sapere cosa vuol dire essere comunista... Cos'è il comunismo?»

Silenzio, occhi spalancati, gran respiro. Tutti lo guardano, come se aspettassero la parola del Budda padreterno! E il Randazzo non sa cosa dire. Si guarda le mani, tiene la pesca matura...

«Cos'è il comunismo?» fa. «Guardate questa pesca matura, la tengo nella mia mano... schiaccio... cosa succede? Esce la polpa... e resta il nocciolo... che poi è il nocciolo della questione. Il comunismo? È il pugno che strizza e libera la polpa, il sugo... che cola!»

«Ma cola per terra...»

«No, perché c'è pronta l'altra mano che raccoglie la polpa prima che cada a terra... e se la mette in bocca! Questo vuol dire appunto... solidarietà... mutuo soccorso e cooperazione dei comunisti!»

«Bellissima allegoria! Faccene un'altra! Ce lo puoi spiegare in un altro modo più chiaro? Cos'è 'sto comunismo?»

«Be'... il comunismo si dice che è... utopico. Cosa vuol dire utopico? Vuol dire impossibile... che è roba di fantasia... come un sogno... che non può essere, che non si può fare... E se una cosa non si può fare... uno che ragiona... la lascia lì... Non si può fare! Il comunista invece la vuol fare, anche se è impossibile! Per questo si chiama comunismo utopico... cioè come dire politica dell'impossibile!»

«Una cosa da matti insomma...»

«Ecco bravi! Primo, bisogna essere matti totali, cioè fuori dalla norma. Prima norma essere fuori dalla norma! Se uno ragiona come di norma... bacchettate sulle dita! Fuori! Non può fare il comunista! E per il resto... godersi la vita... fare gran feste, cantare, ballare e fare l'amore... tanto amore... e ridere. Non costa niente! E poi imparare a vedere il ridicolo con l'ironia: essere spiritoso, insomma, che è una scienza... Non si nasce così, no, ci vuole un insegnamento che si impara a scuola, insieme al leggere e al far di conto. Uno che non è capace di ridere e di far ridere non può essere comunista. Uno serioso, sempre incazzato, rompiballe... fuori! Bacchettate sulle dita, calci in culo... e fuori, fuori dal partito! Fuori! Quelli che cagano dubbi, i furbi e i bugiardi... quelli che nel momento che si siedono su uno scranno, si siedono di traverso e va sempre a finire che si schiacciano le palle! »

Tutti lo applaudono per l'allegria. Gli mollano pacche, lo abbracciano, lo sbaciucchiano.

« Si può entrare in 'sto partito? Anch'io vorrei! »

Tutti vogliono diventare comunisti.

« Cosa dobbiamo fare? »

All'improvviso uno dice: « Scusa la domanda indiscreta... cosa canterai durante il viaggio sul carro? »

« Cantare sul carro? »

« Sì, è la tradizione. Lungo la sfilata che porta al boia, per dimostrare d'avere un gran coraggio, che non trema la voce, si canta. Chi canta una romanza, chi un pezzo d'opera eroica, chi una canzone d'amore, chi un inno di battaglia. Se uno si fa applaudire, dopo le donne vanno a intingere tovaglioli e scialli nel suo sangue per poi appenderli fuori dalla porta e mandar via gli spiriti cattivi. Che canzone canterai tu? »

« Sorpresa! »

Arriva il giorno che gli taglieranno la testa. Randazzo sale sul carro che farà il giro della città e comincia a cantare a tutta voce:

Il Bernoccola era un gran folle
che tutto il giorno andava a cavallo
andava a cavallo sopra un tacchino
e gli strappava le piume
per fargli fare un inchino.

Tutti ridono e ripetono il ritornello.

Passa il re che va in carrozza
con la regina
bella bianca e rossa
la ruota si inciampa su un sasso
e va in pezzi tutta rotta.
Il Bernoccola fa un bell'inchino
infila un dito nel culo del tacchino
il tacchino per il grande piacere
fa la ruota con le penne del sedere.
Il Bernoccola branca la ruota del tacchino
gliela stacca di netto
poi la infila sull'asse del barroccio
con tutti quanti che restano interdetti.
La regina per riconoscenza
gli fa subito una gran riverenza.
Ma nell'inchino si abbassa un po' troppo
e mostra il didietro tutto biotto.
La regina è una dama elegante
si sa che non porta né culotte né mutande
mostra le chiappe che son tonde e sane.
Evviva: le più belle chiappe del reame!

Tutta la gente ride e lo applaude, seguendo il carro. Quando la processione arriva al palco, la canzone non è ancora finita, e c'è un mare di gente che la vuole riascoltare e grida a gran voce: « Ricantala, Randazzo! » E a Randazzo tocca fare tutto un altro giro sul carro e cantare tutto da capo. Tutti ripetono il coro con lui. Il giro è lungo e si fa quasi notte. Quando finalmente arrivano di nuovo al palco del boia, Randazzo è senza voce, gli pare d'avere le corde tagliate. Appoggia la testa sul ceppo e dice: «Oh, finalmente posso riposare!»

Zam! Il boia con la sua grande scure gli taglia netto il capo! Rotola la capoccia, uno spruzzo di sangue rosso: a mille le donne corrono per intingere i tovaglioli, gli scialli nel sangue. Sparisce la testa! Corrono i soldati a cavallo: «Dov'è la testa? Tiratela fuori! Bisogna ritrovarla, ché il capo mozzo del brigante deve essere infilzato su una pertica lunga a seccare al sole».

Qualcuno all'improvviso grida: «Guardate... è là!»

La testa di Qu-Randazzo vola nel cielo... appesa a un aquilone... Una testa che vola?... Una testa che vola?!

Per forza... era un comunista utopico.

I GRECI NON ERANO ANTICHI

Ci sono libri che ho letto e riletto tante volte, testi di stupenda scrittura ed essenziali per chi desideri avvicinarsi alla verità dei fatti. Purtroppo non piacciono solo a me, ma anche agli amici che bazzicano per casa e nello studio. Spariscono... e devo ricomprarmeli. Dovrei imparare da un mio antico professore, che bloccava i furti legando i libri con catenelle alle scansie della biblioteca. Uno dei volumi sottoposti a sparizione è un saggio sulla Grecia antica di Moses I. Finley.

State tranquilli, non ve lo leggo, volevo soltanto segnalarvelo. Se vi capiterà di dargli un'occhiata, scoprirete una storia degli elleni del tutto inedita: forti tensioni sociali, intrallazzi arcaici dei politici, clientelismo di tipo italico, corruzione, criminalità dei dirigenti della prima democrazia umana. E siamo addirittura avanti Cristo!

Dobbiamo riconoscere che molti dei nostri amministratori sono di discutibile onestà, sì, ma colti: si rifanno sempre « ai classici ».

Ma come mai sui testi degli altri storici di tradizione non si ritrovano che casualmente quelle testimonianze di arraffo e ladrocinio? È solo questione di fonti diverse alle quali s'è attinto. In poche parole, tutti gli storici di tradizione si sono rifatti a Erodoto, Tucidide, Plutarco, Polibio...

Non spaventatevi, non sto facendo sfoggio di erudizione... li ho imparati facendo le parole crociate.

Invece il nostro Finley ha scartato d'acchito gli storici classici, dichiarando bellamente che sono bugiardi inattendibili al servizio della partitocrazia e che gli unici testimoni attendibili e onesti di quel tempo sono i comici, i teatranti satirici greci, cioè Aristofane, Archiloco, Colofone... Per non parlare di Luciano di Samotracia.

Per carità, non vi impressionate... questi li so a memoria... sono gli autori di cui ho letto le storie e le commedie fin dal tempo in cui frequentavo Pinocchio, Sussi e Biribissi.

Per dare ragione a Finley, basta leggere qualche loro tirata satirica.

Ecco qua, Aristofane dagli *Uccelli*: «I nostri mercanti sono di una avidità immonda, oltre a non pagare mai le tasse, pur di guadagnare, ammazzerebbero zanzare per fare cappotti alle mosche». Non male, vero?

E Archiloco: «È certo: Epilone l'Arconte (cioè l'assessore ai Lavori pubblici dell'epoca) è un ladro, ha venduto l'appalto per il restauro delle vecchie cloache a un imprenditore incapace e criminale, così che oggi, quando piove, le cloache scoppiano e Atene si riempie di liquame fetente. Ieri c'è stato un nubifragio tremendo, il fiume puzzolente straripando ha invaso l'arengo e l'ufficio dove opera e fa danni Epilone. Il responsabile

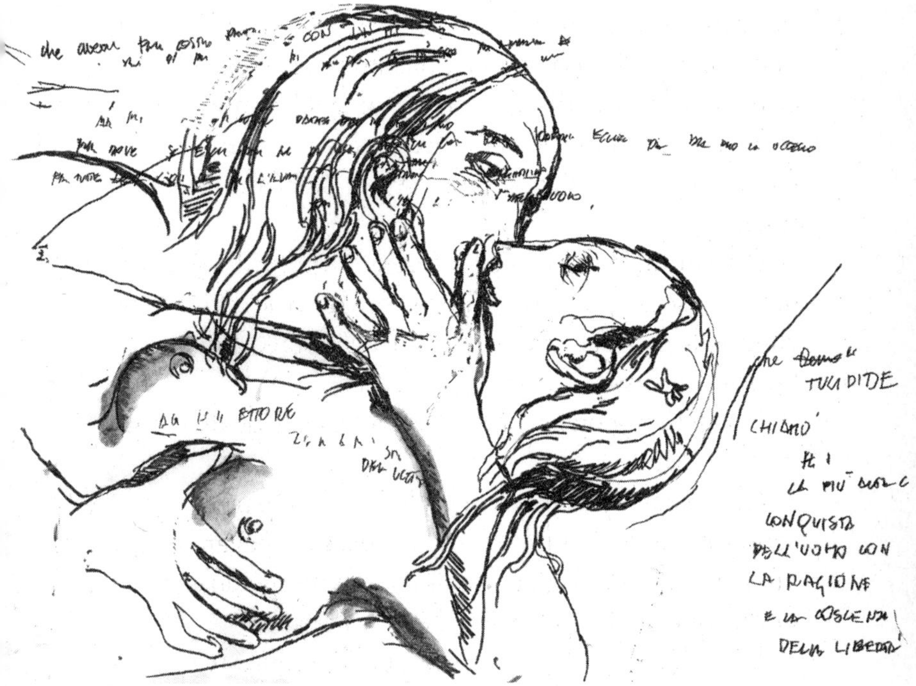
TUCIDIDE
CHIAMÒ
CONQUISTA
DELL'UOMO CON
LA RAGIONE
DELLA LIBERTÀ

delle cloache è rimasto in trappola. L'hanno ritrovato pieno rigonfio fino alla gola di lerciume escrementizio. È proprio vero, certe volte il dio impiega la parte più bassa di sé per colpire i malvagi».

E ancora Aristofane: «Catino ha fatto la guerra, a ogni occasione si presenta con in testa il casco piumato dei combattenti. Dicono che quando va dalla sua amante a esibirsi col fallo si mette tutto nudo ma col suo casco in testa! Quel Catino: 'che gran testa di casco!'» È Aristofane, eh!

Ecco, il Finley ci assicura che queste testimonianze, definite dagli accademici «boutade d'ubriachi», sono documenti storici più importanti e veritieri di tutte le spataffiate che ci hanno ammannito i vari Erodoto e Plutarco, sui quali non interveniva mai la censura. Ho detto censura? Esisteva forse già dal tempo dei Dori e degli Ioni questa santa istituzione? Certo, dicono sia nata con l'uomo, o appena istituita la legge di Dio. Qualche storico ha cercato di dimostrare che ancora prima della nascita del teatro esistesse già l'organizzazione censoria, e che furono proprio loro, i censori, a inventare il teatro, per poi avere la possibilità di agire e di mostrarsi utili al potere.

Fatto sta che denunce e processi erano all'ordine del giorno presso gli ateniesi. Ogni autore satirico veniva immancabilmente colpito dal tribunale, istituito per la difesa della morale vigente. Così Aristofane conobbe la galera e rischiò addirittura la pena di morte per aver satireggiato pesantemente Catino, caduto in battaglia offrendo il suo petto al nemico. Peccato che la freccia mortale l'avesse colpito alla schiena! Il poeta si salvò grazie all'intervento di alcuni intellettuali di senno e di spirito, cosa molto rara anche al tempo dei magnifici greci.

Egualmente Aristofane si ritrovò sommerso da grane pesanti quando, presentando *Le donne al Parlamento*, si permise di descrivere Atene ridotta a una città priva di uomini validi e degni. Siamo nel quarto secolo avanti Cristo e l'esercito protetto da Atena, dea della vittoria, era stato distrutto dai siracusani, alleati di Sparta, durante la campagna di Sicilia (Magna Grecia). Si parla di undicimila uomini tutti nel fiore della vita che non fecero più ritorno in patria. Anche in quel caso gli storici del tempo non parlarono di guerra, rapina e saccheggio, ma di difesa della civiltà e della democrazia, anzi la spedizione era intesa, guarda caso, a imporre la democrazia a quel popolo barbaro e dominato da tiranni.

Spesso nelle commedie di Aristofane era proprio l'autore in persona che, calzando una maschera grottesca detta del Boccaccione, indicava la situazione della farsa in programma. Il Boccaccione entrava in scena, nell'intervallo fra un atto e l'altro, insultando il pubblico, raccontando frottole e cianciando a perdifiato come un vero e proprio Boccaccione sbrodolante trivialità.

Negli *Uccelli*, una delle più famose commedie satiriche, scopriamo un monologo in cui questo sproloquiatore arriva in scena e comincia dapprima a blandire il pubblico, poi pian piano capovolge la situazione e giunge a coprirlo di improperi, accusandolo di dimostrarsi ignorante, vuoto e incapace di afferrare le più facili allusioni. Alla fine si accorge che qualcuno ride e allora fa commenti e lazzi su quelli che sghignazzano fuori tempo e a sproposito, sfotte la gente che è venuta a teatro portandosi appresso lo schiavo truccato da donna (agli schiavi era normalmente proibito l'ingresso a teatro): s'è fatto accompagnare dallo schiavo, dice, perché gli spieghi il significato delle battute satiriche. Ma eccovi il testo dello sproloquio:

Boccaccione *(entrando in scena come di soppiatto, guardandosi intorno estasiato)*: «Ah, ah, ah, oh dio mio che pubblico straordinario! Ho viaggiato per tutti i teatri, dal Pireo all'Ellesponto, ma poche volte mi è capitato di trovarmi a recitare davanti a un pubblico come voi. Incredibile! Io vi sogno anche di notte... *(Cambia tono all'istante)* Siete un incubo! Ma cosa avete nella testa? Possibile che un gioco di parole o una allusione allegorica non vi riesca di capirla? Perdio, le più belle battute satiriche vi sono scivolate sul cervello come il lardo sul burro. Fate finta, almeno, di intuire, ci sono degli stranieri qua dentro oggi, bella figura che ci facciamo! Ridete! *(Si volta di qua e di là come ad ascoltare)* No, non così, a caso, ma sulla battuta. Aspettate: vi farò segno io! Così, con uno schioccare di dita... e voi: ah, ah, ah! *(Va correndo sulla destra al limite del proscenio)* Ma, dico, che fa quello, tutto appiccicato alla donna, con le mani dappertutto. Ti prego: rivolgiti anche qui, ogni tanto, tieni pure le mani sotto ma guardami un attimo! E quell'altro che si scaccola da un'ora le narici, vai dentro, vai fin nel cervello! Cosa ti illudi di trovarci? Convinciti: non hai niente nel cranio. Stappa quel dito dalla narice! Ehi, un momento, tu che ridi, sì, tu ridi adesso per quell'altro, ma cosa stai facendo che è un'ora che ti gratti i coglioni, ma che cosa hai? Tutti gli insetti fastidiosi che ci sono nell'areopago sono andati a finire fra le tue cosce!!! Ah, ah, ah!!! Fra poco volerai trasportato verso Giove. Un po' d'attenzione, per favore, non si può continuare con 'sta caciara, non è neanche un recitare... ma dico, se fossi andato in Beozia, che è la Beozia, patria dei beoti... avrei ottenuto più soddisfazione di certo! L'unica sarebbe buttarvi manciate di noccioline, come si fa con le scimmie.

Ah, ah, ah... sentiremmo degli applausi almeno nell'attimo in cui arrivano le belle sfiondate da raccogliere a mano piena. Oh, finalmente uno ha riso! Ah, ah, ah, no... non è uno spettatore, è un venditore di noccioline! Vi ho forse offesi? Avete ragione, vi ho umiliati, no, ho esagerato, no... Sì, lo ammetto, ad Atene c'è anche della gente intelligente. Non è per blandirvi, ve lo giuro, li conosco, ci sono delle persone argute e di cervello finissimo. *(Pausa)*

Ma non sono qui stasera, purtroppo, e se ne sente la mancanza! *(Ride sguaiato a sfottere, poi si rivolge a qualcuno delle prime file)* Ma cosa ci vieni a fare?... Ah, ecco, perché... fa fino. 'Vado a teatro, quindi sono intelligente.' Ma chi te l'ha detto?! Ma tua moglie, lei è più preparata, più sveglia, la lasci a casa... le donne... non possono starsene qui, ah, ah, ah... le donne è inutile vengano a teatro ché, tanto, non capiscono... e sono ben felici che tu le lasci sole a casa, sole, si fa per dire. Che ti prende?... Se sei tanto indignato, vattene! Torna a casa!!! Sì, corri, però, se ti affretti troverai uno spettacolo straordinario: tua moglie nuda col tuo servo, che si diverte, lei sì, in modo intelligente, ah, ah, ah! *(Applausi)*

Ma da dove nasce l'idea degli *Uccelli*?

La commedia, per chi non lo ricordi, tratta di due ateniesi, i quali decidono di abbandonare la loro città con la motivazione più che moderna del disgusto delle infamità, dei giochi politici bassi e dei processi orchestrati. Sembra di essere nell'Italia odierna con gli attuali governanti e in testa a tutti Andreotti che, è risaputo, viveva già allora e faceva parte del parlamento ateniese. Lo si riconosce in alcune figure vascolari attiche nell'atto di sfuggire, con uno straordinario scatto di reni, all'ennesima inchiesta sui giochi di potere molto pericolosi. Lunga vita all'inqualificabile genio dell'equilibrismo politico, vero giocoliere che riesce a giostrare con la morale, la religione, il compromesso, spregiudicato con la mafia e la giustizia, senza mai cadere dalla poltrona.

I personaggi della commedia, dicevamo, nauseati dall'andazzo politico-cialtrone, se ne vanno con lo scopo dichiarato di trovare una città ideale. Decidono di fermarsi in un mondo intermedio tra la terra e il mondo degli dèi, che è quello degli uccelli, dove, se non altro, vige un sistema di vita fondato su certe onestà che gli uomini non possiedono. Essi imparano a volare, munendosi di ampie ali, a gettarsi nel vento ed eseguire virate davvero acrobatiche. Grazie alle correnti ascendenti, salgono in alto raggiungendo l'Olimpo, dove vengono accolti dagli dèi. In quel paradiso di beatitudine scoprono ahimè che gli dèi hanno acquisito dagli uomini il peggio che potevano apprendere: le femmine divine tradiscono e si lasciano andare a ménage di sessualità scatenata impossibile perfino da rappresentare. Per quanto riguarda gli dèi maschi, la corruzione, l'ipocrisia e la truffa sono pane quotidiano. Ai nostri due viaggiatori non resta altra soluzione che buttarsi nel vuoto e nuotare fra le nuvole alla ricerca del mondo degli uccelli, ultima loro speranza. È inutile dire che anche nella società dei volatili ritrovano il contrario di ciò che speravano. Parlando in termini moderni, la prevaricazione, la violenza e la disuguaglianza più brutale: un gran numero di passeri, tordi e fringuelli, sottoposti a ogni angheria dai grandi rapaci volanti, compreso il trovarsi trasformati in comune pasto quotidiano per gli alati nobili e potenti.

Attori comici si presentano truccati-travestiti da aquila, falco e avvoltoio proprio nel momento in cui si gettano contro un airone, una gru e un cigno. Li aggrediscono spennandoli con ferocia indicibile. I due visitatori umani si ritrovano investiti da piume e penne come se quei rapaci stessero squarciando cuscini. Cercano di arrestare l'orgia, ma ottengono il risultato di venir a loro volta scambiati per uccelli da pasto e costretti alla fuga.

Calmata la buriana, ritornano sul luogo del banchetto e con forza accusano i tre rapaci di strage. La difesa dei volatili si rifà al linguaggio degli umani politici. Prima di tutto contrattaccano ricordando ai due ospiti che essi rapaci sono il simbolo, proprio per la razza umana, del coraggio e della gloria. Sugli elmi degli eroi greci campeggia sempre un'aquila o un falco: il loro massimo dio, Zeus, offre la propria spalla ai rapaci perché se ne servano da trespolo, ed egualmente Atena. «E non va dimenticato che noi grandi pennuti siamo stati creati dagli dèi proprio per evitare il rischio di eccessivo affollamento del cielo. Senza il nostro aggressivo apporto l'universo sarebbe solcato da stormi d'uccelli comuni in tal numero da oscurare il sole. Del resto è quello che fate anche voi umani. Cosa sono le guerre, se non un corretto espediente per ridurre l'eccessivo propagarsi di razze di minor valore ed evitare che esse diventino egemoni, affogando nella moltitudine le razze elette e indicate dagli dèi come quelle a cui è dato governare e godere dei frutti di questo mondo?»

Avrete notato che nelle commedie dei grandi sarcastici greci ritroviamo argomenti e situazioni che trattano della politica e del potere non per farne l'elogio, ma per denunciarne le infamità. Quindi la satira nasce sempre dalla tragedia. Alla base della comicità grottesca c'è sempre una situazione drammatica. Nelle più famose farse dei greci tutto si muove intorno a ingiustizie paradossali, truffe criminali, violenze a donne e bimbi innocenti, massacri di popolazioni, distruzioni di città e prevaricazioni di tiranni con annessa cancellazione dei diritti civili e della libertà: il dolore e la disperazione sono il suo motore essenziale. Quando invece sul palcoscenico si allestiscono commedie che propongono come tema la beffa fine a se stessa, il lazzo su difetti fisici del personaggio preso di mira, allusioni alla sua scarsità erotico-sessuale, i tradimenti delle femmine sopportati con allegria, quasi fossero regali... allora non si tratta di sarcasmo, né politico né morale, ma solo di sfottò, che è tutt'altra cosa.

Per finire il gioco satirico offende e indigna sempre il potere, lo sfottò lo diverte.

Numerosi amanti del teatro, e fra questi molti giovani maschi e femmine, mi hanno spesso confidato di essersi raramente commossi assistendo a tragedie di Eschilo, Sofocle e Euripide, ed egualmente non sono riusciti a divertirsi partecipando alle rappresentazioni di commedie satiriche tanto greche quanto romane. Diciamo subito che il maggior ostacolo al godimento di testi antichi messi in scena ai nostri giorni è una cattiva traduzione, spesso trombonesca e tendente al magniloquente sfarzoso. Molti adattatori di tragedie si preoccupano soprattutto di ricostruire le ritmiche originali, dimenticando che gli attori greci cantavano nel vero senso della parola le frasi, più che recitarle. È come se oggi si mettesse in scena la *Traviata* di Verdi cancellando la musica e il canto. Ne sortirebbe un disastro.

Per quanto riguarda le commedie satiriche, si censurano per eccesso di *pruderie* i lazzi osceni e soprattutto le situazioni comiche impostate sull'erotismo. Quando poi si tratta di ricostruire ironie politiche, ecco che il traduttore si trova letteralmente spiazzato. Per far giungere al pubblico il senso satirico di quelle battute, bisognerebbe arrestare la rappresentazione e inserire ogni volta la cosiddetta « spiega », cioè un commentario storico della situazione politica di quel tempo. Interventi del genere, invece di giovare, distruggerebbero il ritmo e la freschezza comica dell'opera. Perciò, normalmente, il traduttore risolve cancellando la battuta in questione e quindi svuotando di ogni divertimento la commedia. Ho assistito, sia in Grecia che in altri paesi dell'Europa, da Berlino a Helsinki, a messe in scena di commedie aristofanesche e ho scoperto con sorpresa che il pubblico esplodeva in matte risate a ogni dialogo fra i protagonisti della satira. Ogni volta mi facevo tradurre i passi che avevano destato tanta ilarità e scoprivo che erano tutti reinventati di sana pianta, rispettando però la situazione comica in atto e giovandosi di allusioni satiriche al nostro tempo. Questo è il solo modo corretto di tradurre i classici: rispettare non le parole ma la situazione scenica.

Vent'anni fa, a Siracusa, ho visitato per la prima volta il museo d'arte antica, dove mi sono trovato con grande stupore dinnanzi a enormi frammenti di copertura cromatica dei templi greci, o meglio della Magna Grecia.

Noi siamo abituati a vedere, dell'architettura dei Dori e degli Ioni, solo le strutture portanti in marmo nudo. All'origine, però, ogni elemento architettonico greco era completamente vestito di stucchi cromatici intensissimi, a cominciare dalle colonne per finire con le trabeazioni e le statue: tutto colorato con terre gialle e rosse, fasce azzurre, cobalto, nero e bianco splendente, nonché oro.

Lo stesso succedeva per la struttura portante dei teatri, dei quali possediamo un'idea completamente falsificata: teatri con gradoni di pietra nuda, palcoscenico e fondale ad archi pure di granito e marmo. È vero che se oggi un allestitore di spettacoli antichi provasse a ridipingere l'intera architettura dei templi e dei teatri come si presentavano nel quinto e nel quarto secolo, l'effetto sul nostro apparato visivo e sul nostro gusto sarebbe di rigetto totale. Ormai abbiamo da secoli accettato che i Greci sono in bianco e nero, conditi al massimo di qualche terra molto tenue e sbiadita.

Nella realtà, quello che noi vediamo oggi è soltanto lo scheletro, che veniva quasi interamente ricoperto di legno. Di legno erano le coperture dei gradoni, di legno era il palcoscenico. Ed è anche comprensibile: a parte il vantaggio per gli attori di trovarsi ad agire su una base elastica quale si dimostra un impiantito di assi, c'è anche l'altro vantaggio derivante dalla cassa di risonanza acustica che un palco del genere viene a offrire.

Ancora, c'è da ribadire il fatto che la stagione degli spettacoli cadeva in pieno inverno (l'ultima rappresentazione si realizzava dal 20 al 24 di marzo), e per quanto mite fosse il clima del Sud mediterraneo sappiamo tutti che è poco piacevole starsene seduti su un sedile di pietra per ore, esposti all'aria, da dicembre a marzo, a Siracusa o a Sparta. Già su una panca coperta di legno, con sotto il sedere un vaso di coccio riempito di brace ardente (i famosi vasi attici) e i piedi appoggiati su un grosso mattone caldo e soprattutto ben avvolti in un'ampia coperta di lana... che fra l'altro aveva un nome specifico... be', si può ragionare.

Se può sembrare che io stia esagerando col buttare all'aria l'idea comoda (ma falsa) che abbiamo del teatro antico, consiglio di leggere *I greci a teatro* di H.C. Baldry, dove tra l'altro si apprende che gli organizzatori degli spettacoli si preoccupavano anche di smorzare il vento che taglia trasversalmente le gradinate. A questo scopo piantavano cipressi in gran numero, sulla sommità della gradinata, così da creare un solido argine al vento. Leggendo quel testo si scopre che il palcoscenico non era fisso, ma scorreva su carrelli. Si trattava di piani posti uno sull'altro, montati su piccole ruote che scorrevano dentro binari a solco.

Anche la scena era semovente. La facciata del palazzo dietro la quale vive Fedra, per esempio, nella scena finale si spalancava. È la casa che si spacca in due per lasciar uscire il pavimento semovente, l'*ekkylema*, sul quale è distesa Fedra morente. Si tratta di una carrellata alla rovescia. L'autore ha bisogno che in quella scena il pubblico possa seguire da vicino l'azione e il personaggio nella sua ultima tirata tragica. Quindi, non potendo spostare tutta una platea in avanti, sarà il personaggio

CARRO ALATO
GRU
SKENE
CORO
STRUTTURE IN LEGNO

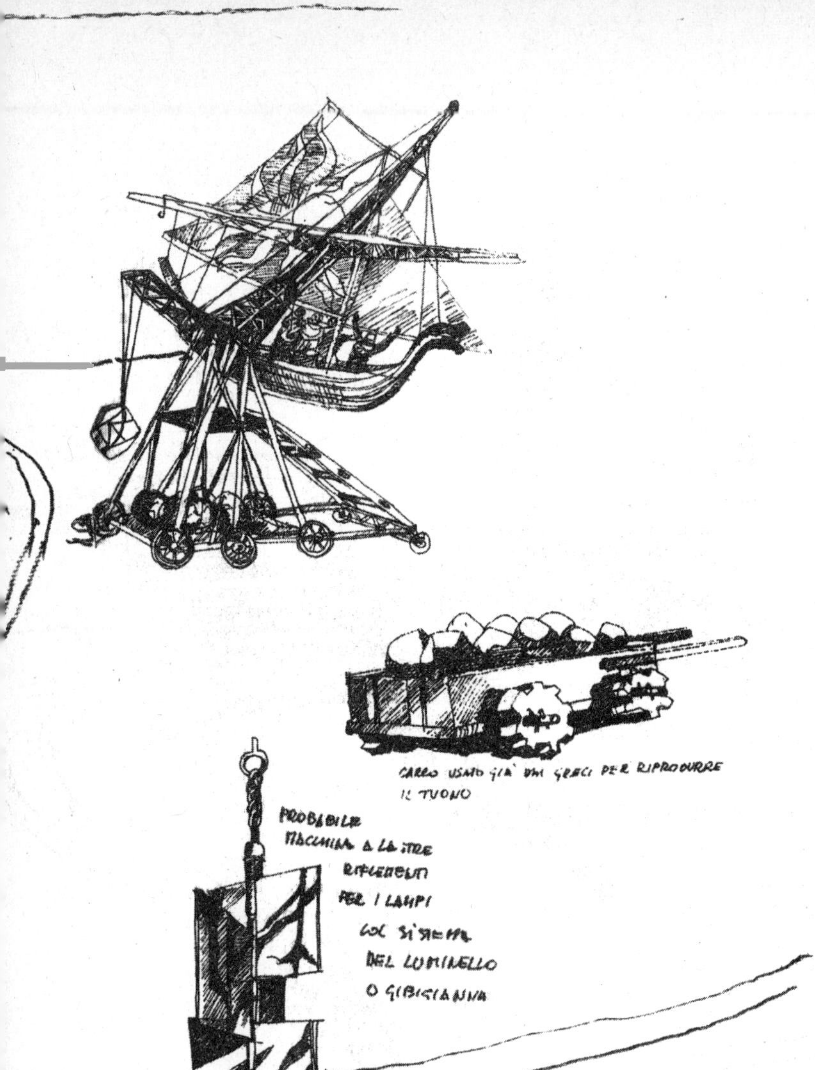
CARRO USATO GIÀ DAI GRECI PER RIPRODURRE IL TUONO
PROBABILE MACCHINA A LASTRE RIFLETTENTI PER I LAMPI COL SISTEMA DEL LUMINELLO O GIBIGIANNA

stesso che verrà a ridosso degli spettatori. Così abbiamo marchingegni che permettono di far montare dal basso (dal sottopalco) strutture sceniche imponenti come lo spaccato del tempio, con l'oracolo e tutto il coro dei sacerdoti, strutture con barche che scorrono nello spazio del golfo mistico, torri cariche di soldati che percorrono slittando tutto l'arco scenico e poi, tanto per chiudere in bellezza, abbiamo le macchine per far volare i personaggi.

Nei già nominati *Uccelli* di Aristofane, i due ateniesi fuggiti dalla città si trovano a recitare sospesi nel cielo con altri attori che interpretano i ruoli dell'upupa, del corvo e della civetta, per non parlare dell'aquila, del falco e dell'avvoltoio. Nella *Pace*, sempre di Aristofane, il protagonista si pone a cavalcioni di uno scarabeo enorme e va scorrazzando a trenta metri d'altezza, transitando tranquillo sulle teste degli spettatori.

Per raggiungere questi effetti i macchinisti greci si servivano di altissimi trabattelli, gru dalle lunghe braccia protese di dimensioni eccezionali, argani e cavi con pulegge e paranchi in grande quantità. Gli artigiani del teatro, con la pratica, erano diventati così abili da riuscire a far viaggiare sospesi in aria cavalli alati, carri di fuoco e perfino navi di grandi dimensioni con dentro addirittura dieci dèi, come succede nel finale del *Filottete*, quando all'improvviso appare il dio sulla macchina: il « deus ex machina », espressione che nasce proprio da questo particolare ribaltamento risolutorio dello spettacolo.

*

Nel teatro di Euripide pare si fosse arrivati ad abusare delle macchine. Non c'era personaggio ormai che entrasse in scena sui propri piedi. Montato su macchine il protagonista appariva trasportato di peso, e così gli altri personaggi minori. Aristofane non si lasciò sfuggire l'occasione di sfottere questo eccesso, così che nelle *Donne al Parlamento* fra i personaggi della commedia inserisce anche Euripide in persona. Con una battuta molto azzeccata l'interprete buffo della commedia va a invitare Euripide perché esca sulla piazza. Il protagonista comico si pone davanti allo spezzato che imita la casa del drammaturgo e grida: «Euripide, esci!» E insiste: «Ti sto aspettando! Ti decidi a uscire da solo, o vuoi che ti mandi a prendere con la macchina?» La macchina è quella scenica, s'intende, ma sembra quasi una battuta di una commedia dei nostri giorni...

Un altro particolare poco conosciuto del teatro greco è l'avvicendarsi dei ruoli. In una tragedia come *Ippolito* di Euripide, per esempio, i personaggi sono in tutto sei, più Afrodite, che dice il prologo, e Artemide (eccoli: Fedra, Ippolito, la nutrice di Fedra, Teseo il padre di Ippolito, marito di Fedra, un servo e un messaggero e, a parte, ci sono due cori distinti con rispettivi corifei); ma gli interpreti recitanti, gli attori insomma, erano solo tre. In tutto il teatro greco non superano mai questo numero. Il coro aveva una struttura particolare, autonoma. Il primo attore veniva chiamato protagonista, il secondo deuteragonista, il terzo triagonista.

Ora, se io andassi a chiedere a un attore di oggi come si dividevano i ruoli gli attori greci, facciamo conto nell'*Ippolito* di Euripide, di sicuro riceverei una risposta di questo genere: « Il protagonista si prendeva la parte di Fedra (gli attori greci recitavano indipendentemente i ruoli femminili e maschili, non esistevano attrici femmine, come ancora oggi nel teatro Kabuki), il deuteragonista si prendeva la parte di Ippolito e per finire il terzo attore si prendeva il ruolo della nutrice ». Ma gli altri tre ruoli chi li rivestiva? « Sì, in scena entravano altri tre attori, ma costoro non avevano diritto di parola. Coprivano il ruolo di veri e propri manichini porta-abiti. » Ebbene, questa risposta, che sembra così ovvia, è grottescamente sbagliata. I ruoli venivano divisi in tutt'altra maniera. Prima di tutto, ognuno dei tre attori recitanti possedeva una *parure* completa di almeno quattro maschere e rispettivi costumi della tragedia. Nel caso di Ippolito e Fedra, su otto personaggi, almeno tre erano le *parures*.

Nella prima scena la parte più importante è senz'altro il ruolo di Ippolito, quindi il protagonista esce travestito da principe, e a dialogare con lui c'è un servo che ha un ruolo meno importante, ma sempre dignitoso. La nutrice verrà in scena subito dopo, interpretata dal deuteragonista, che quindi esce travestito da donna matura. Dopo un passaggio del coro entra Fedra, che racconta del suo incontro con Ippolito. Ed è il protagonista che, abbandonati i panni e la maschera di Ippolito, approfittando dell'intervento del coro, era uscito di scena per il nuovo travestimento. Presenti ci sono due altri personaggi che non parlano, e infatti sono interpretati dai due attori manichini.

Nella seconda scena il ruolo più importante è quello recitato dalla nutrice, ed ecco che, durante un nuovo intervento del coro, il protagonista corre fra le quinte, si toglie gli abiti e la parrucca di Fedra, passa il ruolo della regina al deuteragonista, entrambi velocissimi si scambiano i vari addobbi e rientrano in scena. Allo stesso modo, il triagonista si è già spogliato degli abiti e della maschera del servo e si è travestito da Ippolito. E così via scena per scena: ogni volta che a un personaggio tocca una bella tirata, è certo che quella se la becca il protagonista, che si traveste più rapido d'un Fregoli. Tutto il meglio della tragedia è per lui. Gli altri due attori, a scalare, si prendono le parti di spalla e le battute di appoggio e di rilancio. Alla fine, se ci fate caso, tutto si risolve, quasi, in un unico grande monologo con travestimenti.

È anche vero che il protagonista era di gran lunga il migliore del gruppo: un super-mattatore che guadagnava un talento per rappresentazione, cioè a dire una cifra che sarebbe bastata a un'intera famiglia di quindici persone per campare dignitosamente per un anno intero. Ecco quindi da dove viene l'espressione «attore di talento». Ai nostri giorni nessun attore, per quanto importante, riesce a farsi pagare una simile cifra.

A parte l'aneddotica, mi interessa far capire l'enorme differenza di concezione del teatro che avevano i greci rispetto a noi moderni. Innanzitutto, il testo era scritto, nella sua impostazione generale, con la preoccupazione costante di disporre dialoghi, entrate, monologhi, così da favorire in assoluto il protagonista. Quindi difficilmente s'incontra nella tragedia come nella commedia un conflitto con valori paritetici di dialogo. No, la parte che verrà recitata dal protagonista è sempre di gran lunga la più importante. Il personaggio in opposizione non sparerà subito i suoi colpi: la sua replica appassionata verrà data solo nella scena successiva, cioè quando il protagonista avrà avuto il tempo e il modo di travestirsi, di indossare la pelle dei personaggi antagonisti.

Devo confessare che mi sono fatto una gran risata quando ho scoperto che lungo il palcoscenico venivano tracciate delle righe, oltre le quali, a ogni attore che non fosse il protagonista, era assolutamente proibito avanzare; cioè, solo il protagonista aveva la possibilità di muoversi libero per il palcoscenico e arrivare fino al limite della ribalta, o meglio, di quella che oggi chiamiamo ribalta. Anzi, montando su appositi carrelli scorrevoli, poteva farsi portare addirittura sospeso sul pubblico, oltrepassando totalmente il golfo mistico. Ma il deuteragonista no, non gli era permesso di passare quel traguardo tracciato a circa tre metri dal limite del golfo mistico. Il terzo attore poteva raggiungere solo i sei metri dal proscenio, e più lontano dovevano rimanere gli attori-manichini. Così il pubblico, dalle diverse posizioni che andavano occupando sul palcoscenico i recitanti, era in grado di riconoscere immediatamente quali attori si nascondessero sotto le varie maschere e i vari paludamenti dei personaggi.

*

C'è poi una domanda ricorrente: interpretando i vari ruoli, gli attori greci si preoccupavano di imitare di volta in volta le varie voci, femminili e maschili? Certo, con tutto che all'origine, nel sesto e nel quinto secolo, l'identificazione con il personaggio doveva ritenersi solo allusiva. Infatti, la consuetudine imponeva una costante estraneità epica rispetto ai personaggi. Se pur travestito, l'attore non doveva mai dimenticare il suo ruolo di raccontatore, anzi, era ritenuto scorretto, quasi volgare l'identificarsi con i personaggi che si rappresentavano. A questo proposito si racconta che Solone, ascoltando in teatro ad Atene un attore, forse Tespi, che riusciva a imitare con straordinaria abilità le varie voci femminili e maschili, da vecchio e da ragazzo, indignato si levò e urlò: «Basta, quello non è un attore (*Ithopios*) ma un *Ipocrites* truffaldino!» Ed è strano che i due termini siano riemersi nel teatro dell'arte a indicare un ruolo e una maschera. (È da ricordare che *Ithopios* significa colui che è in grado di cambiare la morale degli umani.)

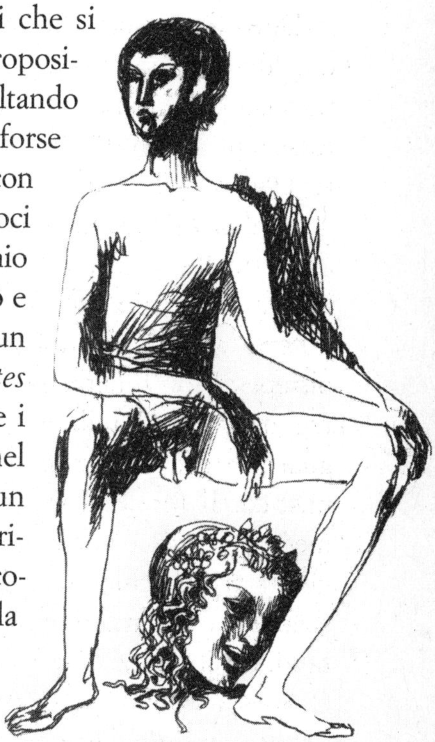

Gli attori greci, specie quelli tragici, indossavano maschere che servivano loro per ingigantire la voce come attraverso una dilatazione della bocca a partire dalle labbra, così da trasformarsi in una specie di megafono. Non dimentichiamoci mai della vastità del teatro greco, tale da poter contenere fino a 20.000 spettatori. Tutte le maschere sono costruite in modo che ogni forma contribuisca, nell'interno (tramite cavità che all'esterno risultano essere bozzi), a produrre vibrazioni sonore particolari e variate. Tanto gli strumenti musicali quanto le maschere presentano all'interno delle striature che migliorano la qualità del suono.

Per quanto riguarda gli accessori, senz'altro i più vistosi, presso i greci e i romani, sono i coturni, specie di stivali con suole molto alte: fino a trenta, quaranta centimetri. L'espediente eleva notevolmente la statura dell'attore. Per mascherare questa specie di trampolo, si indossava una tunica che scendeva fino a terra.

L'attore si preoccupava anche di allargare le spalle fino a venti centimetri per parte. Le spalle venivano qualche volta sollevate con un'imbottitura molto spessa, tanto da raggiungere l'altezza dell'orecchio, e quindi il collo si trovava esattamente laddove finisce la testa. Sto parlando del massimo della forzatura. Si ricorreva a questi ingigantimenti quando si voleva far apparire sulla scena una divinità, un eroe, come Eracle, per esempio. In questo caso la testa cominciava dalla fronte dell'attore, cioè la maschera gli veniva posata sul capo come un grande cappello; la bocca dell'attore si ritrovava dentro il collo della maschera, e parlava attraverso dei velati. C'era un altro trucco: sollevando il corpo, le braccia, che spuntavano dalla clamide o dalla toga, apparivano corte, goffe, e bisognava che raggiungessero una misura credibile. Allora l'attore teneva in pugno i polsi di mani finte con lo snodo, simili a quelli dei manichini o delle marionette: bastava che si muovesse, da dentro la manica, il polso, e l'impressione risultava di discreta somiglianza al vero. Con questi accorgimenti l'attore riusciva a ingigantire fino a due metri, due metri e mezzo. È bene ricordare che la statura media di una donna o di un uomo greco, in quel tempo, era inferiore a un metro e cinquanta. Pare, oltretutto, che quegli attori riuscissero a muoversi con una certa agilità. D'altronde, ho visto interpreti dell'Odin Teatret su trampoli di due metri, anch'essi con braccia finte e maschere sul viso, eseguire volteggi, salti e perfino capriole.

Questo giganteggiare straordinario sul pubblico era già abbastanza sconvolgente, ma, non contenti dell'effetto ottenuto con le protesi d'allungo, gli attori greci spingevano l'effetto giocando sullo scorcio. Nel teatro attico la posizione in cui oggi si trova il pubblico, seduto in platea, non esisteva. Tutti erano sistemati lungo una gradinata molto ripida, che in un teatro attuale raggiungerebbe il loggione. A qualcuno sarà certo capitato di visitare un teatro greco, ma non di quelli camuffati dai Romani, allargati e quindi appiattiti: sto parlando dei teatri non manomessi, tipo il teatro di Epidauro, per esempio. Ebbene, c'è da rimanere sconvolti per il declivio che ci si presenta. La scalinata è così ripida da procurare il capogiro. Se si prende un inciampo, si rischia di ritrovarsi a ruzzolare senza arresto fino in fondo. Il piano scenico è a forma circolare, con diametro poco più esteso di un normale proscenio di oggi, da dodici a un massimo di venti metri circa, e poi, subito, la rampa della scalinata che monta a perpendicolo. Quindi gli spettatori vedevano gli attori dall'alto in basso, in scorcio appunto. Le spalle dell'attore venivano allargate in eccesso proprio per sfruttare l'effetto.

Ad esasperare l'illusione di una maggior grandezza dei personaggi ci si avvaleva della proiezione dell'ombra, e a questo scopo si impiegavano grandi specchi che riprendevano la luce del sole e la proiettavano di taglio a livello della scena. Grazie a quei riflettori si ottenevano ombre molto lunghe che, viste dalle gradinate, procuravano l'illusione che gli interpreti fossero giganteschi. Pare che il termine «riflettore» (in greco *anaclatoras*) sia nato dall'indicazione di quel sistema: «apparecchi che riflettono la luce». Questi specchi erano semoventi, e quindi si riusciva a rincorrere lo spostarsi del sole così da catturare i raggi e proiettarli sullo spazio voluto. La scena era tenuta in ombra, cosicché la luce indiretta poteva essere manovrata proprio come un moderno occhio di bue a seguire.

*

Per concludere, è chiaro che quando assistiamo a uno spettacolo di Euripide o di Aristofane ciò che vediamo svolgersi sulla scena ha poco a che fare con il teatro originale: il testo, la vocalità, le scene e i costumi, per non parlare delle maschere, appartengono a un altro mondo e la realizzazione di quei miti tragici o comici oggi è totalmente falsa. I nostri professori a scuola dovrebbero avvertirci di questa mistificazione. Invece tacciono su ogni particolare. Forse per non sconvolgerci, o spesso solo perché a loro volta non ne sono al corrente.

INDICE

DARIO FO

IL MONDO SECONDO FO

Conversazione con Giuseppina Manin

Dario Fo, oltre che attore, è drammaturgo, regista, scenografo, pittore, uomo impegnato nel politico e nel sociale. E premio Nobel. La sua è una vita alla ribalta, sempre sotto i riflettori. Ma, come ogni artista, coltiva anche uno spazio segreto, intimo, difficilmente accessibile. Un luogo dell'anima da dove scaturiscono i fantasmi, i progetti e le utopie destinati poi a incarnarsi sulla scena, sulla carta, sulla tela. A guidarci attraverso selve di ricordi, emozioni, rivisitazioni è lo stesso vecchio giullare che, a ruota libera, riesamina parole pericolose quali politica, comicità, censura, fede, religione, impegno, coerenza, cercando ogni volta di riacciuffarne il senso, senza mai salire in cattedra, anzi talora mettendo a nudo con sincera autoironia debolezze e malinconie.

GUANDA

Fotocomposizione Editype s.r.l.
Agrate Brianza (Milano)

Finito di stampare
nel mese di novembre 2007
per conto della Ugo Guanda S.p.A.
da Grafica Veneta S.p.A. di Trebaseleghe (PD)
Printed in Italy